小说系列

吴建国 主编

皇家赌场

〔英〕伊恩·弗莱明 著

秦闻佳 译

人民文学出版社
PEOPLE'S LITERATURE PUBLISHING HOUSE

Ian Fleming
CASINO ROYALE

Simplified Chinese edition copyright © 2018
by Shanghai 99 Readers' Culture Co., Ltd.
All rights reserved.

图书在版编目(CIP)数据

皇家赌场/(英)伊恩·弗莱明著;秦闻佳译.—
北京:人民文学出版社,2017
(007 小说系列)
ISBN 978-7-02-012952-2

Ⅰ.①皇… Ⅱ.①伊… ②秦… Ⅲ.①长篇小说-英国-现代 Ⅳ.①I561.45

中国版本图书馆 CIP 数据核字(2017)第 159882 号

责任编辑	卜艳冰　邱小群　骆玉龙
封面设计	高静芳

出版发行	人民文学出版社
社　　址	北京市朝内大街 166 号
邮政编码	100705
网　　址	http://www.rw-cn.com
印　　制	山东临沂新华印刷物流集团
经　　销	全国新华书店等
开　　本	890 毫米×1240 毫米　1/32
印　　张	5.875
字　　数	84 千字
版　　次	2018 年 1 月北京第 1 版
印　　次	2018 年 1 月第 1 次印刷
书　　号	978-7-02-012952-2
定　　价	32.00 元

如有印装质量问题,请与本社图书销售中心调换。电话:010-65233595

目　录

第一章
神秘特工　　　　　1

第二章
秘密卷宗　　　　　9

第三章
编号007　　　　　19

第四章
窃听风云　　　　　24

第五章
姗姗来迟　　　　　32

第六章
劫后余生　　　　　40

第七章
初战告捷　　　　　44

第八章
灯红酒绿 53

第九章
指点迷津 60

第十章
各就各位 68

第十一章
关键时刻 75

第十二章
致命一击 82

第十三章
爱恨交织 89

第十四章
玫瑰人生 97

第十五章
猫鼠游戏 102

第十六章
惊魂未定 107

第十七章
无处可逃 114

第十八章
死里逃生　　　124

第十九章
白色帐篷　　　128

第二十章
恶性难改　　　135

第二十一章
久别重逢　　　143

第二十二章
神秘轿车　　　151

第二十三章
激情浪潮　　　158

第二十四章
美好时光　　　162

第二十五章
独眼男人　　　167

第二十六章
安心睡吧　　　173

第二十七章
心碎不已　　　178

第一章　神秘特工

凌晨三点,赌场里气味交杂、令人作呕,一边香气氤氲,一边乌烟瘴气、汗臭熏天。

赌徒们一掷千金,不能自拔。此刻,人性贪婪的一面以及对紧张刺激的猎奇心呼之欲出,久而久之五脏六腑犹如翻江倒海,令人无法忍受。

詹姆斯·邦德明白红与黑①之后就是赢得百家乐②的最佳时机,即便如此,自己也可能输得精光,因为他明白自己已经体力透支;但凡身体抱恙或头脑不济,他便会有所察觉,他的工作需要凭经验做事,只有避免精神萎靡才不会因为反应迟钝而犯下错误。

他悄悄地离开轮盘赌③的赌台,让别人接手,自己走到私人包间,在主桌周围的黄铜栏杆边上站了一会儿。他看见

---

① 红与黑:原文为法语 trente-et-quarante,是一种猜红黑的纸牌赌博。
② 百家乐:源起于法国的一种纸牌游戏,流行于欧洲各地赌场,谁的两张牌加起来的总数最接近9,谁就赢。
③ 轮盘赌:一种赌场赌博方式,有一个庄主,所有赌注都押给庄主或赌场主。

勒·奇弗里还在赌，显然，他一直胜券在握。只见他面前凌乱地放着一堆斑斑驳驳的十万元筹码，他粗壮的左臂下还遮挡着小心摆放的大块黄色筹码，每个价值五十万法郎。

邦德观察着这个了不起的神秘人物，不多久他耸耸肩离开那里，走向别处。

他来到筹码兑换处，四处围着的栏杆到下巴位置，票据和筹码摆放在里面与人齐高的格子里。后面的出纳员就像一个微不足道的银行柜员，坐在凳子上，埋头数着一叠叠钞票和筹码。但是，他们都配有一根短棍和一把枪保护自己，如果想要越过栏杆，顺手牵走几张票据，再纵身一跃，逃出赌场的走廊和大门，那真是白日做梦。更何况，通常都有两名出纳员一搭一档。

邦德一边思索着这个问题，一边整理手上取到的十万元筹码和一沓沓一万法郎面值的钞票。与此同时，他想象着第二天赌场委员会召开常规例会时的景象：

"勒·奇弗里先生赢了两百万，他赌的还是那一手。菲尔柴尔德小姐一小时内赢走一百万，随即离开了。不到一个小时，她居然对勒·奇弗里先生三次'滩庄'①，然后甩手走人，那可真是面不改色。维洛昂子爵先生在轮盘赌上两次得手，赢走一百万。从一开始他就赌的最大，一直赌了好几十把，手气真是好。然后是英国人，邦德先生，两天内赚走的钱整整

---

① 滩庄：原文为法语 banco，指赌博中闲家下的赌注与庄家一样多。

三百万。他在五号赌桌上,以累进制对红字下注。该局负责人杜卡罗斯了解其中的细节。显然,他意志坚定,而且玩的很大。又有好运加身,看起来气定神闲。晚会上,他不光赢了十一点、百家乐和轮盘赌,更是在掷球游戏上屡屡得手,赚走很多。"

"谢谢,泽维尔先生。"

"谢谢,主席先生。"

然后委员们按照账本平衡收支,随即散会,各回各家。

邦德穿过私人包间的旋转大门,暗自思忖着这番场景,然后朝衣冠楚楚的门卫点点头——后者的职责就是一旦遇到可疑行为,就用脚触发电子门禁,锁住大门,阻止宾客往来。

至于将这里洗劫一空,邦德不会干这种傻事,但是他饶有兴致地思索着,假设有十名彪形大汉,再干掉一两名工作人员,也许可行,但是要想在法国或者在其他任何国家找到这样十个默不作声的杀手,恐怕比登天还难。

他在更衣室给了服务女郎一千法郎的小费,然后拾级而下。邦德认为勒·奇弗里绝不可能怀有抢劫的企图,这种突发情况可以排除。他担心的是自己的身体状况,他感到举步维艰,口干舌燥,双眼肿胀,呼吸困难,腋下还冒着虚汗。他走进甜美的夜色,深吸一口气,然后集中心智——他需要知道自离开房间用晚膳后,是否有人搜过他的房间。

他穿过宽阔的绿荫大道和花园,来到辉煌之星大酒店。门卫交给他一把二楼45号房的钥匙,他冲门卫笑笑并接过一封电报。

电报是发自牙买加的，上面写着：

金斯顿急电
致皇城矿泉塞纳河下游辉煌之星大酒店的邦德
1915年哈瓦那雪茄，全部产自古巴工厂
一千万，重复一遍是一千万，希望这个数字你能满意
致敬

达席尔瓦

这就意味着一千万法郎即将到他手中。当天下午邦德在巴黎向伦敦总部发了一封电报，要求得到更多资金赞助，这一封电报便是对他的要求所作出的回复。巴黎处通知邦德在伦敦的上司克莱门茨，后者转告给M时，M苦笑了一下，让他告诉这个"捐客"用国库搞定。

邦德曾在牙买加工作，他在皇城任务中的卧底身份是卡弗里公司的一名富庶委托人，而卡弗里公司是牙买加主要的进出口公司。所以，他之前一直受牙买加的管辖，与他接头的人总是一副不苟言笑的样子，而那人正是加勒比著名报纸《拾穗者日报》的图片编辑主任。

这个来自《拾穗者日报》的男人叫福西特，过去曾在开曼群岛上一家大型海龟养殖场里做簿记员。后来战争爆发，他自告奋勇，最终在马耳他一家小小的海军情报局当上了军需官。

战争结束后，忧心忡忡的他本该回到开曼群岛，不承想他引起了特勤处加勒比部门的注意。在摄影以及其他艺术方面经过一番刻苦训练之后，他在牙买加一位颇有影响力的人士默许之下进入了《拾穗者日报》的图片编辑室。

在筛选各大机构（有吉斯通新闻、大世界图片、环球影业、国际新闻图片和路透社图片）交上来的图片之余，他还要对电话另一头素未谋面的男人唯命是从，慎重、迅速、精确地执行某些简单的操作。完成这些临时任务，他能够每月获得二十英镑，这些钱都是由一位莫须有的英国亲戚通过加拿大皇家银行打到他的账户里的。

福西特当时的任务就是向邦德转达从匿名人士那里收到的所有信息。这位联系人告诉他，他所发送的内容不会引起牙买加邮政局的怀疑。所以他发现自己突然成为《海事新闻图片》机构的特约通讯员时，也觉得情理之中，同时他还得到能够一同带去法国和英国的几台新闻采集设备，每个月还能额外获得十英镑的预付费用。

福西特感到安心稳妥、备受鼓舞，似乎不久的将来就能得到不列颠帝国勋章①，所以，他用第一笔钱购置了一辆莫里斯迷你车②。他还买了一个垂涎已久的绿色遮光眼罩，让他在图片编

---

① 不列颠帝国勋章（BEM）：英国授勋及嘉奖制度中的一种骑士勋章，由英王乔治五世于1917年6月4日创立，帝国勋章的各级受勋人数均有限额。
② 莫里斯迷你车（Morris Minor）：首次于1948年9月20日出现在英国伦敦伯爵宫车展上，该款车是英国第一台销售量超过一百万的本土车，被视为典型的英国式车辆设计。

辑的位子上显得更有个性。

邦德接过电报时想起了这些事情。他习惯并且相当喜欢这种间接管理。他觉得上面对自己多少有些照顾，因为他们允许他与M联系一两个小时。但他清楚这也许只是他的臆想，很可能皇城矿泉特勤局还有另外一个人，独立汇报任务。他差点儿就忘了自己与伦敦摄政公园边上该死的办公大楼只有150英里的距离，相隔一个隧道而已。那些冷酷无情的人，编造了这一整出戏，正监视、评判着他的一举一动。这一点福西特自然也清楚：假如他胆敢直接全款买下那辆车而非选择分期付款，伦敦处就会听到风声并追究那笔钱的由来。

邦德把电报读了两遍，然后把电报从桌上的复写本上撕下来（为什么要让他们得到复写本？）然后用大写字母写下他的回复：

感谢，信息已足够。——邦德

他把纸条交给门卫，把签有"达席尔瓦"名字的电报放进了自己的口袋。就算门卫不会打开信封偷读他的电报，他们中只要有人贿赂一下当地邮政局便能得来一份电报复写本。

邦德掏出钥匙，道了声晚安，然后面向楼梯，朝电梯操作员摇了摇头。邦德知道电梯非常有可能成为一个让人放松警惕的危险信号。他不认为二楼会有可疑人物活动，但他还是觉得小心谨慎为好。

他用脚跟轻轻地走着，后悔之前通过牙买加给 M 的回复里只提到一笔小数目，要知道作为一个赌手，依靠那么一个数目就想赢，完全是个错误，只怪自己过分自信。但无论如何，M 也不会再让他得寸进尺。他耸了耸肩，拐出楼梯，走到过道里，然后蹑手蹑脚走到他的房间门前。

邦德清楚地知道开关在什么位置，然后他进门、开灯、拿枪，一气呵成。空荡荡的房间非常安全，好像在嘲笑他。他没有过多留意浴室那扇半开半掩的门，回过头锁上房门，打开床头灯和镜向灯，把枪扔在窗边的长沙发上。然后，他弯下腰，检查了一下他塞进写字台抽屉里的一根黑头发，那根头发是他在吃晚饭前放的，现在原封不动地放在那里。接着，他又检验了衣橱上面的瓷制把手，里面的边缘曾留有微量的滑石粉痕迹，看起来仍旧洁白无瑕。他走进浴室，打开马桶水槽的盖子，确认一下水位正好在铜球活栓的一小块刮痕位置。

做这些所有的检查，包括又查看了几个微型盗窃警报器，并没让他觉得自己过于谨小慎微。作为一名特工，要不是因为在工作中留意每一处细节，他怎么可能活到今天。对他而言，这些事就和深海潜水员、飞行测试员以及其他任何高危工作人员的例行安全检查一样司空见惯。

看到房间在他离开去赌场期间并没有被人搜查过，邦德感到很宽慰。他脱去衣服，洗了个冷水澡，然后，点上一支烟，坐在写字台边上，看着厚厚一沓钱和他身旁赢来的赌注，在支票簿上写了几个数字。两天以来，他靠赌博到手三百万法郎。

先前在伦敦,他有一千万的预算,然后他又要了一千万,这笔钱正打入里昂信贷的当地分行,所以,伦敦总共给了他两千三百万法郎,即两万三千英镑。

邦德呆坐着,两眼凝望着窗外漆黑一片的海面。之后,他转身把一沓纸币塞到枕头底下,为自己留着几盏灯,然后,刷牙洗漱,心安理得地钻进略显粗糙的被窝里。他侧躺着回想今天所发生的种种,大约十分钟后,他翻了个身,然后进入了梦乡。

他睡前的最后一个动作,是将右手搭在枕头底下那把点三八警用左轮手枪①被锯短的枪管上,然后他睡着了。少了眼睛里的暖意和幽默,他的脸便沦为一张不苟言笑的面具,透着嘲讽、野蛮和冷酷。

---

① 三八警用左轮手枪:指口径为0.38英寸的左轮手枪,由柯尔特公司制造,是最早的正式警用左轮手枪,当时美国警方大量装备。

第二章　秘密卷宗

两周前，有一份档案从 S 处（处理苏联相关事宜的特勤局部门）送去了特勤局的 M 那里，M 从那时起以英国国防部的名义看管这份卷宗。

致：M

自：S 处处长

主题：摧毁勒·奇弗里的计划。勒·奇弗里，其代号有"数目""编码""号码"[①]等，系法国反对党的主要特工之一，在阿尔萨斯工会以军需官的身份执行卧底任务，该工会受法共控制，涉及重工业和运输业，这支队伍是和雷德兰交战时至关重要的第五大队。

文件内容：勒·奇弗里个人档案的主要部分参见**附录 A**。锄奸局相关信息参见**附录 B**。

---

① 后两个代号原文为德语。

据我方观察，勒·奇弗里陷入泥潭已有一段时日。他从各方面来讲都是一名了不起的苏联特工，但是他变态好色的个人嗜好终将如阿喀琉斯之踵一般成为他的致命要害，我们早已利用了这一点——他众多情妇之中有一个欧亚人，受F处控制，代号1860号，近日，她已对他的私生活了如指掌。

简而言之，勒·奇弗里似乎徘徊在财政危机的边缘。据1860号观察，有些风向透露了他此刻的处境，比如偷偷变卖珠宝、处置位于安提贝的别墅等开源节流的迹象。我们在第二局的朋友帮我们进行了深入调查，我们联合办案，渐渐发现了端倪所在。

1946年1月，勒·奇弗里买下众多妓院（主要分布在诺曼底和布列塔尼半岛）的控制权，即"黄色绶带计划"。他犯下了一个愚蠢至极的错误：为了买下妓院控制权，他动用了自己名下的五千万法郎信托资金，这笔钱是列宁格勒三处资助阿尔萨斯工会的。

如果不出意外，"黄色绶带"本该成为一个出众的投资计划，与其说勒·奇弗里想借手下人的钱投机倒把、中饱私囊，更有可能是他利欲熏心，想大把增加工会资金。尽管如此，他还是受到了"副产品"的诱惑，那些取之不尽的女人可以让他满足一己私欲，于是他放弃了光明正大的投资机会，操持起卖淫嫖娼的勾当。

命运却以迅雷不及掩耳之势让他受到沉重的打击。

仅仅过了三个月，也就是4月13日那天，法国通过了第46685款法律条例，勒令关闭所有妓院，坚决打击以淫媒牟利①。

（M读到这一句时，嘟囔了一声，按下对讲机的按钮。
"是S处长吗？"
"是的。"
"这句话什么意思？"他做了一番解释。
"拉皮条的意思，先生。"
"这里不是语言学校啊，S处长，如果你想卖弄你的外语词汇量，弄一些读不出来的单词，最好准备一本注解，而且是用英语写的。"
"对不起，先生。"
M松开按钮，继续往下读档案。）

……这条法律被称为《玛特·理查德条例》。因为这条法律，勒·奇弗里所有臭名昭著的妓院一夕间都被查封，黄色书籍和电影也都被禁止出售，他眼睁睁地看着投资全都化为乌有，工会资金面临严重赤字。绝望中，他把这些地方都改造成"极乐屋"，在法律的灰色地带暗中运营，而且继续经营着一两家地下色情影院。但是这些花样

---

① 原文为冗长的法语法律条款。

变来变去，无非为了贴补他的花销，即便他蒙受巨大损失，出售所有的个人产业，也都如同杯水车薪，他输得一败涂地。与此同时，风化纠察队也在对他进行追捕，没过多久，他的二十多家机构全都闭门谢客。

当然，起初警察以为此人不过是个成功的老鸨，但是后来他们对他的不义之财起疑，于是第二局的人才发现警方和他们是在调查同一个人。

这一局面对我处以及法国警方来说意义非凡。过去几个月里，"黄色绶带计划"执行不久之际，警局组织了一场货真价实的猫鼠游戏，结果可想而知，勒·奇弗里的初始资金输了个底朝天，稍加盘问就发现他所掌管的工会资金里有一笔五千万法郎的赤字。

列宁格勒那边可能还没有起疑，但是，对勒·奇弗里而言，有一点儿不幸的是锄奸局①肯定听到了风声。上周，P处收到一条高级情报，据消息称，这个报复机构办事效率很高，他们已经派出一名高级官员，从华沙经由东柏林部门，抵达斯特拉斯堡②。第二局没有对此报道进行确认，斯特拉斯堡当局也没有，要知道他们提供的消息一向真实可信。勒·奇弗里的工会总部也没有消息流出，我方已经安插了另外一名双面特工（非 1860 号）。

---

① 锄奸局：原文 SMERSH 为俄语缩写，意思是间谍之死，专门处死背叛的间谍。
② 斯特拉斯堡：法国东北部城市，阿尔萨斯大区的首府和下莱茵省的省会，也是法国第七大城市和最大的边境城市。

如果勒·奇弗里知道锄奸局在跟踪他，或者知道他们对他心存芥蒂，那么他别无选择，要么自杀，要么逃跑。然而，从他的一举一动来看，尽管已经孤注一掷，但他似乎还没有意识到自己已经命悬一线。既然他都无所畏惧，那么我们在档案末尾提出的行动计划，尽管尚存风险，有些离经叛道，但是仍然有一定的把握。

总之，我们相信勒·奇弗里会和那些走投无路的盗贼一样，用赌博的方式弥补他账上的亏空，因为依靠炒股赢钱，过程太漫长，走私各种毒品或者稀缺药物，比如金霉素、链霉素和肾上腺皮质激素也都是如此。没有一个方法能够让他虎口脱险，他不得不赌一把，否则即使他赢回了本钱，还没到手他已经命丧黄泉。

无论如何，我处获悉他已经从工会财政部里撤出最后两千五百万法郎，在皇城矿泉附近购置了一栋小别墅，位于迪耶普①南部，这件事发生在六天前。

现在，大家都猜测皇城赌场会于今年夏天目睹一场欧洲最庞大的赌局。为了与多维尔②和勒图凯③一较高下，皇城海滨浴场协会将百家乐和两台顶级十一点赌桌出租给穆罕默德阿里财团，该财团由埃及移民银行家及商人组成，据说还挪用了大笔皇家资金，他们多年来一直试图通

---

① 迪耶普：位于法国的诺曼底大区滨海塞纳省的一个海滨城市，规模较小。
② 多维尔：位于法国西北部的大西洋岸边，距巴黎约200公里，是距巴黎最近的海滨度假城市。以诺曼底最优美的海岸闻名，是个热门的夏季高级度假胜地。
③ 勒图凯：位于法国北部康什海湾的沙滩，长6公里。

过垄断法国国内百家乐的最高赌注,从他们在希腊的合作伙伴那里窃取好处。

在周密的宣传下,美欧两地的头号赌徒集体出动,在皇城预定好席位,将在今年夏天一展身手,看来,这个过时的海滨浴场即将重新迎来维多利亚时期的辉煌。

即便如此,我们坚信这里才是勒·奇弗里的主要战场,或许6月15日之后,他会在百家乐赌台上以两千五百万法郎的营运资本赚回五千万法郎,保住他的小命。

反抗行动小组提议:

法国以及其他北大西洋公约组织成员国最希望发生的就是好好羞辱一番这名强大的敌方特工,然后将他一举消灭。他所听命的法共工会将会倾家荡产并且从此背负恶名,而背后拥有五万兵力的第五大队也将会失去主心骨,不再团结,要知道,一旦开战,这支队伍能够控制法国北方边境的一大片区域。如果勒·奇弗里在赌桌上败下阵来,所有的这些都会实现。(注意!暗杀是毫无意义的。列宁格勒很快就会将亏空补足,他也会被追认为烈士。)

因此,我们建议,应当给予本局最好的赌手一笔足够的资金,让他竭尽全力赌赢此人。

风险是显而易见的,而且这笔秘密资金也很有可能遭受损失,但是我们在别的行动上斥下重金,成功的概率反而更小,那些只适用于一些小角色。

如果这个决定对我们不利,我们唯一的选择就是把我们掌握的信息建议交给第二局或者交给华盛顿中央情报局。毫无疑问,这两个机构都会非常乐意接手此项计划。

签名:S处长

附录A

姓名:勒·奇弗里

代号:不同语言中"编码"或"数字"的写法,比如德语中的"号码先生"

出身:未知

1945年6月第一次在德国达豪集中营①(美国区)露面,被以置换人质的身份囚禁在内。他看起来患有健忘和喉返神经麻痹的症状,也有可能两者都是假装的。最后在治疗下,他终于开口说话,但是我们的目标依然声称失忆,只记得与阿尔萨斯-洛林和斯特拉斯堡有关的事宜,他于1945年9月凭借编号304-596的无国籍护照被移交给法国方面,用的是"勒·奇弗里"这个名字,据他个人称"因为我只是护照上的一个数字"②,无教名。

年龄:约45岁

---

① 达豪集中营:纳粹德国三大中心集中营之一,1933年3月建于德国巴伐利亚的达豪市附近,系纳粹德国最早建立的集中营。
② "勒·奇弗里(Le Chiffre)"这个名字在法语中是"数字"之意。

描述：身高 5 尺 8[①]，体重 18 英石[②]，肤色苍白，不蓄胡子，头发红棕色，呈刷状。眼睛深邃呈深棕色，虹膜周围大量眼白。嘴型很小，有女性特征，装有贵重材质的假牙。小耳朵，大耳垂，应带有一点儿犹太血统。四肢较小，指甲修剪整齐，手部多毛。从种族上来说，该目标应当属于地中海与普鲁士或波兰的混合血统。穿着细致讲究，一般选择深色双排扣西装。烟不离嘴，一般用过滤烟嘴抽卡珀拉尔粗烟丝。时不时地要吸一口苯丙胺[③]。声音平缓轻柔。精通德语，还会说法语和英语，有马赛口音，不苟言笑。

爱好：大部分较奢侈，但是进行得极为谨慎。性欲旺盛，还会对自己鞭笞赎罪。飙车的行家里手。熟练使用各种小型武器，还能近身搏斗，包括持刀搏斗。随身配有三把永锋剃须刀片，分别放在帽檐、左脚鞋跟和烟盒里。通晓会计和数学，是个职业赌徒。通常由两名穿着西装革履的武装警卫陪同，一个法国人，一个德国人（有详细报告）。

评论：危险、难以对付的苏联特工，受巴黎的列宁格勒三处控制。

签名：案卷保管人

[①] 5.8 尺约为 1.93 米。
[②] 18 英石约为 114 千克。
[③] 苯丙胺：中枢兴奋药及抗抑郁症药，因静脉注射或吸食具有成瘾性，而被大多数国家列为毒品，即使供药用时亦列为管制药品。

附录 B

目标：锄奸局

来源：档案资料以及第二局和华盛顿中情局提供的稀缺资料

锄奸局是由两个俄语单词拼凑而成："死亡"和"间谍"，大致意思就是"间谍之死"，级别在内务部（前身是苏联内务人民委员部）之上，直接服从贝利亚[①]个人指挥。

总部：列宁格勒（下属各处位于莫斯科）

目标是消除苏维埃特勤局和秘密警察组织在国内外下属各处出现的一切背叛和退缩行为。这是苏联手腕最硬的组织，传言这个组织下达的报复任务从未失手。

据信它就是托洛茨基[②]1940年8月22日在墨西哥遭暗杀的罪魁祸首，尤其是当其他的苏联人和大小组织先后失败后，这一成功刺杀让它名声大噪。

锄奸局第二次被人们提及是希特勒在苏联受到袭击。从那时起，锄奸局一下子大展拳脚，在1941年苏联撤除武力期间，着手处理叛徒和双面特工。那时，它的作用是

[①] 贝利亚：全名拉夫连季·帕夫洛维奇·贝利亚（1899—1953），苏联政治家，秘密警察首脑，是斯大林大清洗计划的主要执行者之一。"二战"之后到斯大林逝世之前，他是苏联实际上的二号人物，之后他在争夺斯大林继承权的斗争中因提倡激进改革和公开性，被斯大林近卫军撤职并处决。

[②] 托洛茨基：全名列夫·达维多维奇·托洛茨基（1879—1940），苏俄和苏联早期领导人之一，参与领导十月革命。

充当苏联内务人民委员部的执行小分队,然而现在它是如何进行任务选择的就不是那么明确了。

"二战"后,组织内部彻底进行了一次整肃,据说现在只留下几百号高素质人才,共设五个处:

一处:负责苏联国内外组织的反情报任务;

二处:负责机构运作;

三处:负责管理和财政;

四处:负责调查和执行法律、人事工作;

五处:负责执行任务,该处向所有受害人传达最终判决。

自战争以来,锄奸局中只有一个内部成员被我处抓住:格叶塔契夫,别名是加耐得·琼斯。1948年8月7日,他在海德公园枪杀了南斯拉夫大使馆医务官员佩塔奇拉。在审问时,他吞下了藏在大衣纽扣里的压缩氰化钾[①],自杀身亡。他只透露了自己是锄奸局的一员,并且洋洋得意,除此以外,我们什么信息都没有得到。

我们相信下列几位英国双面特工也已遭锄奸局的毒手:多诺万、哈斯洛普·万恩、伊丽莎白·杜蒙、文特诺、梅斯和萨伐仑(详细资料可在Q处的资料室找到)。

结论:我们应当竭尽全力掌握这个强大组织的更多信息,并且消灭它的内部成员。

---

① 氰化钾:白色圆球形硬块,粒状或结晶性粉末,剧毒。该药物经口服或注射后,十秒钟左右即可猝死,可用于安乐死。

第三章　编号007

S处长对击败勒·奇弗里的计划津津乐道，这个行动基本上由他一手策划，他拿起档案走向顶楼，穿过绿色的粗呢大门，沿着走廊一直走到最后一间屋子，那里可以从这栋沉闷的大楼俯瞰摄政公园①。

他踌躇满志地来到参谋长办公室，后者是M的参谋长，过去只是一名年纪轻轻的坑道工兵，1944年破袭战负伤后，得到了参谋长委员会秘书处的职位作为回报，他不仅经验丰富而且风趣幽默。

"比尔，我想和长官商量一件正事，你看现在是个好时机吗？"

"你认为呢，佩妮？"参谋长转过身，看了看M的私人秘书佩妮，他们两个人都在这间办公室工作。

莫奈彭妮小姐的眼神十分冷酷，两眼直勾勾地看着他，还

---

① 摄政公园：是伦敦仅次于海德公园的第二大公园，位于伦敦西区。

有些不屑一顾，她本该是多么令人心驰神往的交往对象。

"应该没问题，他早上在外交部十分得意，接下来的半小时也没有安排任何会面。"她朝 S 处长微微一笑，以示许可，她很喜欢 S 处长，因为他在本处有着重要的地位。

"好的，比尔，就是这份文件。"他把盖了红星章的黑色文件夹递了过去，这可是最高机密，"能不能帮我一个忙，转交给他的时候表现得热情一点儿，记得告诉他，我会在这里等候，他可以慢慢考虑，我在这里看一会儿译码本。他可能想知道更多细节，但是，不管怎样，我希望在他看完之前你们都不要打扰他。"

"好的，先生。"参谋长弯下身子，按了桌面上对讲机的一个按钮。

"什么事？"传来一个平缓亲和的声音。

"S 处长有一份紧急议程给您，先生。"

停顿了片刻。

"拿进来。"对讲机那一头说。

参谋长松开了按钮，站直了身体。

"谢谢，比尔。我就在隔壁。"S 处长说。

参谋长穿过自己的办公室，走向通往 M 办公室的双开门。过了一会儿，他走了出来，入口上方的蓝色小灯亮了起来，提醒外界 M 此时不想被打扰。

*

后来，得意洋洋的 S 处长对他的副手说："我们差点儿因为最后那段话毁了整个计划。他说这是收买和勒索，他对此很有成见，但无论如何，他是同意了。他说这个想法简直疯了，但是如果财政部想赌一把，也值得一试，他认为他们会放手一搏。他会游说他们说比起舍弃投靠我们的那个苏联上校（此人在我国获得几个月的'庇护'后才成为双面特工），这个赌打得更划算。他迫不及待地要抓到勒·奇弗里，不管怎样，他选对了人，他想试试他选的那个人是否胜任这项工作。"

"他选的是谁？"

"00中的一位——我猜是007。他很强硬，M认为勒·奇弗里身边的这些持枪人不好对付。他一定非常会打牌，否则他不会在开战前，跑到蒙特卡洛的赌场待了整整两个月，看着罗马尼亚团队摆弄隐形墨水和墨镜。他在第二局最后戳穿了他们的把戏，带回了他在舍米赢得的一百万法郎，这在当时可是一大笔钱。"

*

詹姆斯·邦德和M见面后交谈了一小会儿。

"你认为如何，邦德？"M询问他的意见。此前，他读了S处长的档案，然后在等候室里朝着窗外远处公园里的树木凝望了十多分钟。

邦德的目光扫过桌子，直直地看着这双精明清澈的眼睛。

"你真是太好了，先生，我很喜欢这么做。但是，我不能保证赢。红与黑之后就是赢得百家乐的最佳时机，即便如此，我也可能输得精光，赌注会越来越大，可能到最后会有五十万。"

一双冰冷的眼睛制止了邦德继续说下去。M已经知道这些，他和邦德一样清楚百家乐的概率问题。这都是他的分内事——了解每一件事的概率，了解每一个人，了解他自己和对手的一切。邦德真希望收回刚才说的那些顾虑。

"他也可能遇到一轮不利局，"M说，"你将会得到足够的资本——高达两千五百万，和他一样多。我们先给你一千万，等你摸清楚状况后，再打给你一千万。你可以自己赚来额外的五百万。"他微微一笑。"离这个赌局开始还有好几天，你好好回去想一想，然后就动手吧。和Q谈一谈房间和火车的事，任何你想要的设备都可以和他说。军需官会搞定资金问题的。我会要求第二局在一旁待命。那是他们的地盘，只要他们别掺和进来就谢天谢地了。我会试着劝说他们派出马西斯。你看起来和他一起在蒙特卡洛处理赌场的事情还挺合得来。由于北约的关系，我还会通知华盛顿那边。中情局在枫丹白露①也有一两个好手，还有联合情报处的几个家伙也在那儿。还有什么问题吗？"

邦德摇摇头。"我很确定需要马西斯，先生。"

"好的，到时候你会见到他的。尽力而为，把这件事做个了结。一定要小心，如果不成功，我们就成了笑话。也许有人

---

① 枫丹白露：法国巴黎大都会地区内的一个市镇，法文原义为"美丽的泉水"，是著名的旅游胜地。

觉得我们在胡来,但我不以为然,勒·奇弗里不好对付,看你的了,祝你好运。"

"谢谢,先生。"邦德说完,朝门口走去。

"等一下。"邦德转过身。

"我想你需要掩护,邦德。两个人总比一个人强,你也需要有人给你通风报信。我需要再考虑一下,他们会在皇城和你联系。你不必担心,一定是合适的人选。"

邦德本来更愿意独自完成工作,但是,从来没有人敢反驳M。他离开房间时,只希望派给他的人能够忠心耿耿,不要愚不可及甚至好大喜功。

第四章　窃听风云

两周后,詹姆斯·邦德仍住在辉煌之星大酒店,某天他醒来时突然想起一些细节。

两天前,为了参加午宴他及时抵达皇城矿泉。当他在入住的登记簿上签下"牙买加,月亮海港口,詹姆斯·邦德"时,根本没有人与他接头,也没有引起丝毫的注意。

M没有明确表示他需要掩盖身份。

"一旦你在赌桌上与勒·奇弗里交手,你就会知道这是多此一举,"他说,"掩盖身份只能哄骗寻常百姓。"

邦德熟悉牙买加的情况,所以他要求一切围绕牙买加展开。他假扮成牙买加庄园主的儿子,父亲靠烟草和砂糖发家,儿子沉迷炒股和赌博。如果有人起疑,他就请查尔斯·达西瓦尔以金斯顿查费里律所的律师身份出面,坐实此事。

整整两个下午,邦德全都泡在了赌场里,有时夜里也会去,每次他都在轮盘赌上用复杂的累进制进行赌博。而在玩十一点时,只要听到有人出价,他就会高价"滩庄"。如果输了，他就再来一把，如果第二次又输了，就不再继续。

按照这种办法，他赚了三百万法郎，这不仅仅考验了他的赌博技术，更是一次全方位的心理考验。他把赌场的地理位置摸得一清二楚。最重要的是，他已经能够观察出勒·奇弗里在赌桌旁的一举一动。他注意到，勒·奇弗里赌博从不失手，鸿运当头势不可挡，为此他忧心忡忡。

邦德喜欢每天自己亲手做一顿丰盛的早餐，再洗一把冷水澡，然后坐在窗前的写字台上。

现在，他望着窗外的美景，不知不觉喝了半品脱冰镇橙汁、双份不加糖的咖啡，吃了三个炒鸡蛋和培根。接着，他点燃第一支烟，这是格罗夫纳街[①]上莫兰德公司为他特别研制的巴尔干和土耳其混合烟。他看着粼粼波浪拍打着长长的海岸，从迪耶普开来捕鱼的船队排成一列，向着六月的热浪驶去，身后追随着一群银鸥。

正当他沉浸在思绪之中时，电话突然响起。门卫打来通知他史坦托广播电台派来一位负责人，他此刻正携带着邦德从巴黎订购的无线电设备在楼下等候。

"是的，"邦德说，"请他上来。"

这是第二局给邦德接头人安排的掩护身份。邦德盯着门口，期望来的是马西斯。

马西斯走进来时，俨然一副德高望重的商人模样，他提着

---

① 格罗夫纳街：位于英国伦敦。

一只四四方方的大包裹，就连把手都是皮质的。邦德喜形于色，要不是马西斯眉头紧缩，用另一只手关上门并示意他不要出声，邦德差点儿和他热情相拥。

"我刚从巴黎过来，先生，这是您订购的试用设备，里面是五根电子管和超外差式收音机。我想你可以在英格兰调试，能够在皇城收到欧洲各个首都的电台，方圆四十英里没有任何高山阻挡信号。"

"听起来很好。"邦德说，他朝着这个神秘人一个劲地挑眉毛。

马西斯没有去看他。他把设备拆开放在地上，旁边是没点燃的壁挂采暖炉，上面有个壁炉台。

"才过了十一点，"他说，"我想我们可以用中波收听罗马合唱乐队的演出，他们正在欧洲巡演，我们一起看看接收情况，测试效果应该会很不错。"

说完，他朝邦德使了一个眼色。邦德注意到他把音量调到了最大，红灯闪烁，表示收到长波段，但是设备仍然没有发出声音。

马西斯在设备后面不停摆弄。突然，一阵静电干扰发出巨响，响彻整个房间。马西斯得意洋洋地看着设备，然后关上它，假装非常沮丧。

"尊敬的先生，请原谅我，没有调试好。"然后他再次弯下腰，调节刻度盘。经过一番调节后，法语歌曲从收音机里缓缓传来，马西斯站起身，使劲拍了拍邦德的后背，紧紧握住邦德的手，弄疼了邦德的手指。

邦德朝他笑了笑。"现在可以告诉我是怎么一回事了吗？"他问。

"朋友啊，"马西斯兴高采烈地说，"你暴露啦，暴露在光天化日之下，就在那里，"他指了指天花板说，"此时此刻，要不就是芒茨先生聋了要不就是自称为他妻子的芒茨太太聋了，绝对聋了，芒茨太太谎称自己得了流行性感冒而卧病不起，我希望他们现在痛苦不堪。"他对着邦德狡诈地一笑，邦德眉头紧缩将信将疑。

马西斯坐在床上，用拇指指甲撕开一包法国香烟。邦德在一旁静静等候。

看到这番话让邦德如此紧张，马西斯颇有些洋洋自得，然后他严肃起来。

"我也不知道这是怎么回事。他们一定是在你到达之前已经盯上你一段日子了。我们的对手就在这里，不容小觑。在你楼上的正是芒茨夫妇。男的是德国人，而女的来自中欧某个国家，可能是捷克。这是个老式酒店，壁炉后面有很多废弃的烟囱，就在这里，"他指着壁炉上面几英寸的地方说，"挂着非常厉害的无线电接收器。电线沿着烟囱上升到芒茨夫妇的壁炉后面，在那里安装了一个扩音器。他们的屋子里有一个钢丝录音机和一副耳机，芒茨夫妇轮流监听。这就是为什么芒茨太太得了流感，在床上吃饭，而芒茨先生不得不时刻陪伴在她左右，放弃享受这个美妙的度假胜地明媚的阳光和放纵的赌博。"

"我们知道这些情况,一部分是因为我们在法国的情报颇为灵通。剩余的信息,我们在你到达这里之前的几个小时里,拆除了壁炉以后,才得到证实。"

邦德不信,他走过去仔细检查了把壁炉固定在墙面上的螺丝钉,发现凹槽里有细微的划痕。

"现在,又要演一会儿戏了。"马西斯说。他走到收音机旁,关掉了正在向三个听众播放合唱的收音机。

"你满意了吗,先生?"他问,"想必,你已经注意到它们接收信号的清晰度了吧。是不是很好的组合?"他用右手绕了一个圈,扬起眉毛行了一个礼。

"它们很棒,"邦德说,"我想听听其他节目。"一想到芒茨夫妇此刻肯定在楼上交换着愤怒的眼神,他就有些乐不可支,"这机器相当不错。我正想找这么一台带回牙买加。"

马西斯做了一个嘲讽的鬼脸,又调回了罗马节目。"给你带去你的牙买加。"他说,然后又坐回了床上。

邦德朝他皱了皱眉头。"好吧,既然覆水难收,"马西斯说,"我们不指望你的身份能够掩盖很长一段时间,但是他们那么快就识破了,确实令人担忧。"邦德回想了一下到底怎么会泄露身份的,可是毫无头绪。难道苏联人破解了我们的密码?如果是这样,那么他最好收拾行李走人,他和他的任务可能早就暴露无遗了。

马西斯好像猜出了他的心思。"密码不可能被破解,"他说,"无论如何,我们立刻向伦敦做了汇报,他们会更改密码,实不相瞒，我们已经搅起了风波。"他朝着对方会心一笑，"趁'合唱演出'还没有结束，咱们先谈正事。"

"首先，"他吸了一大口烟说道，"你会满意你的二把手，她长得非常漂亮，"听到这，邦德皱了皱眉头，"确实非常漂亮。"马西斯非常满意邦德的这一番反应，接着说道："她有一头乌黑亮丽的秀发，一双碧蓝的眼睛，还有极好的身材……呃……前凸后翘。"他补充道："她还是无线电专家，虽然无趣，却是个性感尤物，这可是史坦托广播电台的最佳员工，还可以在这个炎炎酷暑，帮我在这里销售无线电设备。"他不禁一笑，"我们都住在这家酒店，如果你的新收音机出了故障，我的助手会前来替你修理。所有的设备，包括法国货在内，都会在头几天有一些初始问题。有时候会出现在夜里。"说到这里，他夸张地朝邦德挤眉弄眼。

邦德并不觉得好笑。"他们为什么派给我一个女人？"他怨恨地问，"他们难道认为这是去野餐吗？"

马西斯打断了他说："冷静一下，我亲爱的詹姆斯。她和你期望的一样严肃对待这次任务，而且冷若冰霜。她的法语说得和当地人一样流利，并且对她的工作知根知底。她的身份掩盖得完美无缺，我安排她和你搭档简直天衣无缝。作为一个牙买加百万富翁，你在这里有一个俏女郎陪伴左右这难道不应该吗？"他装模作样地咳嗽几声，"好歹你也是一个热血青年，如果没有一个女伴就要露馅啦。"

邦德疑惑地哼了一声。

"还有其他惊喜吗？"他疑惑地问道。

"没有别的，"马西斯答道，"勒·奇弗里就在他的别墅里，离这条沿海马路下去十英里的路程。他有两个保镖跟着，看起来都是非常厉害的家伙。其中一个还被看到出现在镇上的'膳宿公寓'，另外还有三个次要人物在这两天里陆续入住，他们的身份暂时不明确，可能也是一个团伙的。我们有他们的档案，看起来是没有国籍的捷克人，但是，我们的一个情报员发现他们在私下里说的是保加利亚语。附近没有太多这样的人，他们是用来和土耳其人和南斯拉夫人作对的，笨手笨脚，但是言听计从。苏联人利用他们杀人，或者做高级杀手的替死鬼。"

"非常感谢。不知我的下场如何？"邦德问，"还有什么问题吗？"

"没有了。午饭前请到'冬宫'酒吧来一趟。我来介绍你们认识。今晚请她共进晚餐，然后，她就能顺其自然地跟随你进出赌场。我也会在那里，不过只在幕后。我会带上一两个身手了得的家伙，密切注意你的一举一动。哦，还有一个叫莱特的美国人也住在这个酒店，他叫菲利克斯·莱特。他是中情局在枫丹白露的特工。伦敦让我告诉你，他比较靠谱，希望能派上用处。"

地上的无线电里突然传出意大利人的掌声。马西斯关掉了收音机，两个人聊了几句设备以及支付方式。之后，马西斯热情奔放地向邦德告别，还向邦德使了一个眼色，然后鞠了一躬就出去了。

邦德坐在窗边整理头绪。马西斯对他说的话当中，没有一件事情是可以让人放心的。他彻底暴露了身份，处于职业人员的监听当中。或许还没上赌桌与勒·奇弗里一决高下，就有人要了他的命。此刻又有一个女人跑来添堵，他叹了一口气，女人都是用来消遣的。她们会在工作中碍手碍脚，由于性别不同，她们往往感情用事，把事情弄得一团糟，必须有人留意她们、照顾她们。

"他妈的。"邦德骂骂咧咧，然后他想起了芒茨夫妇，又更大声骂了一遍"他妈的"，然后离开了房间。

第五章　姗姗来迟

正值午间十二点，市政厅的编钟叮叮当当作响，邦德离开了辉煌之星大酒店。此刻，花园刚浇完水，空气中弥漫着松树和含羞草的香气，通往赌场的石子路上点缀着精致的碎石，好似筹划着一场风花雪月。

此时，晴空万里，艳阳高照，到处生机勃勃，洋溢着欢乐的气氛。这个海滨小镇历尽沧海桑田，正想方设法散尽钱财求得一个繁花似锦的新时代。

流经索姆河①口的皇城矿泉，其平坦的海岸线从皮卡第②南部的海滩溯流而上，抵达布列塔尼悬崖，流淌在勒阿弗尔③，历史上它和特鲁维尔④有着太多相似之处。

皇城，最初没有"海滨"二字，只是一个小渔村，在法兰

---

① 索姆河：法国北部河流。
② 皮卡第：是法国的一个大区，下辖三个省：埃纳省、瓦兹省和索姆省。
③ 勒阿弗尔：是法国北部诺曼底地区的继鲁昂之后的第二大城市，位于塞纳河河口，濒临英吉利海峡，在法国经济中具有独特的地位。
④ 特鲁维尔：是法国卡尔瓦多斯省的一个市镇，属于利西厄区。

西第二帝国时期，一夜之间成为了风靡全国的海滨浴场，不料却与特鲁维尔一样只是昙花一现。取代特鲁维尔的是多维尔，取代皇城的是勒图凯。

十九世纪末，这个海滨小镇开始走下坡路，所有事情的发展都不尽如人意，恰巧当时流行把休闲娱乐与"治疗"结合在一起，于是，皇城后面的小山里开辟出一座天然温泉，里面含有大量硫化物，对肝脏大有神益。由于法国人很多都患有肝病，皇城很快就成为了"皇城矿泉"，然后有人把皇城矿泉的水注入水瓶子里，煞有介事地进军矿泉水市场，定位在低端产品的档次，出现在各大酒店餐饮场所。

只可惜好景不长，维希、巴黎水和雀巢[1]强强联手，让他们吃了好几场官司，投资人的资金纷纷打了水漂，没过多久，皇城矿泉就只剩下本地观光客，夏天，皇城依靠英法两国前来避暑的家庭维持收入，冬天，依靠渔船的收成和赌场上的不义之财维持生计。

不过，这巴洛克风格的皇家赌场还是有一些为人称道的地方，它带有维多利亚时期浓重的优雅感和奢华感。一九五〇年的皇城博得了巴黎财团的青睐，他们一掷千金，把流亡在外的维希分子[2]的资金全都转移了进来。

布莱顿[3]和尼斯[4]都已在历经战争后重获新生，大家对那

---

[1] 维希、巴黎水和雀巢：法国三大矿泉水品牌。
[2] 维希分子：第二次世界大战期间拥护设在维希的贝当傀儡政权的法国投降派。
[3] 布莱顿：位于英格兰南部海岸，是英国南部最具有吸引力的海滨城市。
[4] 尼斯：法国南部地中海沿岸城市，是法国仅次于巴黎的第二大旅游城市，也是全欧洲最具魅力的滨海度假胜地。

个业已逝去的黄金时代的怀恋为这两座城市带来了源源不断的收入。皇家赌场便也照着原来的颜色重新粉刷了一遍，在白底上镀一层金，将所有房间刷成浅灰色，再用酒红色的地毯和窗帘进行装点，天花板上倒挂着巨型吊灯。花园里的花草也修剪得整整齐齐，喷泉也重新开放，两个最主要的大酒店——辉煌之星和冬宫，不仅内外一新，就连服务员都全部重新筛选过一遍。

别小看这里的小镇子和老码头，人们虽然心有不满，但是面对前来投资的人总能挤出一副好客的笑容，现在，这里的大街上到处陈列着巴黎最伟大的珠宝设计师和服装设计师们的作品。当地人免除场地的租金，许下天花乱坠的承诺，因此吸引了一大批投资者，也让这里重新恢复生机。

穆罕默德阿里财团也被表象所蒙蔽，在赌场一掷千金，皇城总算感到心满意足——毕竟比起勒图凯，它才是这一行里的先驱。

邦德得知皇城的历史由来如此了得，站在阳光下，他感到任务艰巨，他一想到这偷偷摸摸的勾当可能会成为同行们的笑柄，就十分害怕，浑身不自在。他决定去冬宫赴约以前先开车沿海岸线观察一下勒·奇弗里的别墅，然后沿内陆穿过通往巴黎的国道返回，于是，他耸了耸肩，走到酒店后面的车库取车。

邦德的唯一个人爱好就是收藏车。最近收藏的是一辆 4.0 升的宾利车，阿默斯特·维利尔斯亲自打造的超级增压器。

一九三三年他买来时几乎是一台新车，即使经历了战争，还保养得非常好。这辆车每年都能跑，以前在伦敦有一个专门维修宾利的机械师，他的车行就在邦德的切尔西[①]公寓附近，每次修这辆车的时候都会两眼放光。这辆跑车喷着蓝灰色的车漆，顶篷收缩自如，平均时速九十码，最高可破一百二十码。邦德车技了得，开起这辆车来驾轻就熟。

邦德缓缓驶离车库，开上斜坡，很快，两英寸长的排气管发出的轰鸣声响彻绿荫大道。整个小镇，不论是熙攘的大街还是蜿蜒的沙滩，都一片喧腾。

一小时后，邦德来到冬宫的酒吧，选了一个靠窗的位置坐下。

酒吧富丽堂皇，甚至显得有些大男子主义，比如石楠木烟斗、刚毛小猎犬，打着黄铜铆钉的皮具用品，擦得锃亮的红木家具，宝蓝色的窗帘和地毯，简直极尽法国人眼中的奢华之物，就连服务员都穿着黑色马甲，围着绿色粗呢围裙。邦德点了一杯美式咖啡，仔细观察了几位穿着夸张的顾客，他们坐在一起侃侃而谈，营造出一种**鸡尾酒会**[②]上的交谈氛围，男人们不停地喝着香槟，而女人们喝的是干马提尼，他猜想这些人应该是从巴黎来的。

"**我啊，就喜欢喝干马提尼，**"隔壁桌上一个春光满面的姑娘对她的同伴说道，"**和戈登去喝，就这么说定了。**"只见那姑

---

① 切尔西：英国伦敦西南部的富人区。
② 粗体部分原文为法语，下同。——编者注

娘拄着一个爱马仕的手杖，而她的这位同伴却穿着花呢大衣，含情脉脉地看着那位姑娘，看起来十分不协调。

"好的，黛西，但是，你知道要加一些柠檬皮……"

这时，邦德被窗外的一个高挑身影吸引住了，那人身着一袭灰色礼服，留着一头乌黑亮丽的头发，手挽着马西斯，和他一同走来。她看起来一副高高在上的模样，两人好像形同陌路，根本不像一对情侣。邦德看着他们走进酒吧，然后继续装出一副观察路人的样子。

"这位一定是邦德先生吧？"马西斯的声音从身后传来，听起来又惊又喜。邦德假装有些喝醉，跌跌撞撞地站了起来。"莫非你一个人？还是在等人？我能否介绍一下我的同事，林德小姐？亲爱的，这位先生来自牙买加，今早我还有幸与他做成一笔生意。"

邦德故作矜持，对身边的女孩说道："这真是莫大的荣幸啊。我一个人来的，两位是否愿意与我一起？"他拉出一把椅子请他们坐下，然后向服务员招了招手，马西斯一番推三阻四之后，邦德为他点了一杯上好的烧酒，然后为女孩点了一杯百加得。

马西斯和邦德交谈甚欢，聊了这里晴朗的好天气，还有皇城矿泉梅开二度的锦绣前程，而女孩坐在一边默不作声。她接过邦德递来的一支烟，仔细打量了一番，然后津津有味地吸了起来。她毫不掩饰地把烟深深地吸进肺里，轻叹一口气后，任由烟从嘴唇和鼻腔里吐出去。她的一举一动优雅得体，没有露出丝毫破绽。

邦德被她牢牢吸引,他与马西斯交谈之际会时不时地转向她,文质彬彬地与她聊上几句,每看她一眼,就觉得她美艳动人。

她那乌黑浓密的头发剪得干净利落,自由地垂落到脖根,将她清晰美丽的脸庞衬托得完美无瑕。那双蓝色的迷人双眼直直地盯着邦德,眼神里却毫无关切之情,搅得邦德心神不宁。她不施粉黛,肤色健康,嘴唇性感饱满,双手交叉时显得镇定自若,举止投足之间克制有度,指甲很短,不涂任何颜色的指甲油。她的脖子上带有一条纯金项链,搭扣又宽又平,右手的无名指上带了一个黄色大宝石戒指。上半身穿着灰色天然蚕丝制成的中长礼服,里面一条平角紧身衣将她诱人的酥胸紧紧裹起。下半身穿着一袭百褶裙,裙摆从细腰处散开,腰上系着一条宽宽的黑色手工皮带。黑色手工皮包放在一旁的椅子上,还有一顶宽宽的车轮帽,上面系着金色麦穗,帽檐上绕着一条细细的黑色天鹅绒绸带,在背后系成一个蝴蝶结,脚上穿的是纯黑色的方头皮鞋。

邦德被她的美貌打动,也因为她的泰然自若而着迷。能和她合作共事令他兴奋不已,与此同时,他又有些担心,情急之下,突然他赶紧敲敲木头①。马西斯看出了他的担心,没过一会儿,他站起身对着女孩说:"原谅我,一会儿我要打电话给

---

① 敲敲木头:英语中敲敲木头的动作表示趋吉避凶。

迪贝恩斯,我必须重新安排今晚的晚宴,你不介意今晚自由行动吧?"

她摇了摇头。

邦德心领神会,借着马西斯打电话之际,对女孩说:"如果今晚您一个人的话,能否与我共进晚餐?"

她微微一笑,顺着他的话回应道:"我非常乐意,也许你还可以让我做你的女伴,让我陪你一起去赌场,马西斯先生告诉我你在国内非常了不得,或许我能给你带来好运。"

马西斯一走,她对他的态度立马一百八十度大转弯,热情起来。她似乎认可他们是一个团队,当他们讨论见面时间和地点时,邦德发现和她一起策划会让事情变得容易很多。他感到原来她对自己的角色十分感兴趣,他们的合作会非常愉快。他之前以为要想意见一致,必定困难重重,没想到,他可以与她畅所欲言地讨论工作细节。他明白自己对她的感情只是逢场作戏,只有任务完成后,才能与她共度良宵。

马西斯打完电话回来后,邦德叫来服务生埋单,他说自己要回酒店和朋友共进晚餐。当他与她握手那一刹那,他感受到了爱情的温度,两人之间产生了共鸣,这一切仅仅用了半个小时。

女孩的目光追随他一直到外面的林荫大道。

马西斯把椅子转向她,轻声细语地说:"那可是我朋友当中非常优秀的一位,你们能遇见彼此可真是好事,我已经感到两条河流上面的浮冰开始融化了。"他微微一笑,接着说道:

"我不认为邦德从前被融化过,这对他而言可是一个全新的体验,对你也是。"

她没有直接回答他的话,只是说:"他很帅气,让我想起豪奇·卡迈克①,只不过他身上有种冷漠和无情……"

他们的交谈一直没有停止。突然,几英尺外窗户上的整块玻璃被震得粉碎。附近发生了一起恐怖爆炸,气浪向他们袭来,把他们冲倒在椅子上。

紧接着周围一阵寂静。有些东西顺着外面的人行道噼噼啪啪地掉落了下来,酒吧架子上的瓶子被砸得粉碎。这时尖叫声四起,人们朝着门口仓皇而逃。

"待在这儿,别动!"马西斯说。

他挪开面前的椅子,从空荡荡的玻璃框中间跳了出去,跳到了人行道上。

---

① 豪奇·卡迈克:1899—1981,美国作曲家、钢琴家、歌手以及演员。

第六章　劫后余生

邦德离开酒吧后,饥肠辘辘,他故意沿着林荫大道往回走,打算一路走回几百米之外的酒店。此刻天气宜人,但是太阳灼热,只有躲在树荫底下才会让人觉得凉快。

很少人会选择在这时出门,但是邦德看到两个男人默不作声地站在街对面的一棵树底下,十分显眼。

邦德离他们约一百米远的时候就注意到了他们,而那时他们也与辉煌之星大酒店的门廊隔着同样的距离。

此刻,这两人的出现有些不同寻常。他们的个子都很矮小,穿着相似的深色衣服,邦德觉得这西装看上去非常热。他们装出一副等车去剧院的样子,不停地左顾右盼。也许是为了迎合度假村的假日气氛,两人都戴着一顶草帽,还系着一条厚厚的黑色绸带,在帽檐和树荫的遮挡下,难以看清他们的脸。这两人矮小的身影,在耀眼的阳光下显得有些突兀。他们随身各带着一个四四方方的相机盒,背在肩上,一个鲜红色,另一个宝蓝色。

邦德此时离这俩人已经不到五十米远了。如果这时发生一场恶战，那么应该选用何种射程的武器，选择哪些地方来做掩护呢？

红帽子的男人看起来朝着蓝帽子的男人点了点头。蓝帽子的男人迅速摘下他的蓝色相机盒，弯下腰，好像在对相机盒做手脚，但是邦德看不清楚怎么回事，因为他的视线被一棵法国梧桐的树干挡住了。突然，一道刺眼的白光闪过，随即传来一记爆破的巨响，震耳欲聋，邦德虽然躲在树干后面，还是被热浪甩到人行道上，脸颊和胃受到重击，好像变成了纸片人儿。他躺在地上，看着天上的太阳，空气中继续发出嘣嘣的爆炸声，好像有人在用锤子敲打着钢琴的低音键。

逐渐恢复一点儿意识后，邦德昏昏沉沉地用一只膝盖支撑起自己，只见血肉模糊的肢体如一阵惨白的大雨从天而降，掉下来的还有浸透鲜血的衣服和树枝碎石，然后，嫩枝和树叶又纷纷砸落在他头上，四面八方传来玻璃掉落的叮当声，天空中升起一股蘑菇般的黑烟，随后逐渐散去，邦德迷迷糊糊地看着这一幕。空气中有一股污浊的气味，混杂了烈性炸药、烧焦的木头还有……是的，没错，烤羊肉的味道。林荫大道方圆五十码的树木都没有了叶子，被烧成了焦炭。对面的那两个男人倒在了事发现场，毫无知觉地躺在对面的大街上。他们中间有一个冒烟的弹坑，两人身上已经一丝不挂。路上、人行道上，甚至是树干上都血迹斑斑，还有闪闪发光的玻璃碎片高高挂在树枝上。

邦德感到自己要吐了。还是马西斯最先找到了他,他看到邦德正抱着救了他一命的树干站着。

邦德吓得目瞪口呆,幸好毫发无损,他让马西斯带他回辉煌之星大酒店,而里面的宾客和服务员经历了这场震动之后蜂拥而出,远处传来救护车和消防车嘈杂的声音。他们设法穿过人群,上了楼梯,沿着走廊回到邦德的房间。

正当邦德撕开血迹斑斑的衣服时,马西斯把壁炉前面的收音机打开,劈头盖脸地朝他问了一大堆问题。

当提到那两个男人时,马西斯把邦德床边的话筒从钩子上拿下来。

"……要告诉警察,"他说,"告诉他们从牙买加来的英国人在爆炸中受了伤,这是我的职责。他没有受伤,无需担心。我会在半小时后向他们解释情况。他们应该告诉媒体这显然是两个保加利亚人之间的报复性行为,其中一个人把另一个人炸死了。他们无需告诉媒体还有第三个保加利亚人,现在正潜逃在某个地方,必须不惜一切代价找到他。他一定会前往巴黎,到处都要设置路障,明白吗?那么,祝你好运。"

马西斯转向邦德,听他把剩下的事情说完。

"他妈的,你还算运气好,"邦德说完之后他说,"显然,炸弹就是为你准备的。一定是什么地方弄错了。他们准备扔出去,然后躲在身边的树后。结果,所有的事情都朝着相反的方向发展。不要紧,我们会知道真相的。"他停顿了一会儿,接着说:"但是这真的是一件奇怪的事情。这些人真的要取你性命。"马西斯看起来受到了奇耻大辱,"但是,这些该死的保加利亚人是怎么逃脱的呢?红色和蓝色盒子里到底有什么重要的东西?我们必须尽力在红帽子男人身上有所发现。"

马西斯咬着自己的指甲,他异常兴奋,两眼放光。这将成为一桩棘手的突发性事件,在很多方面他都要亲自过问。这已经不再是替邦德拿着外套,等他与勒·奇弗里在赌桌上明争暗斗那么简单的事了。马西斯一跃而起说道:"现在,你去喝一杯,然后吃点儿东西,好好休息一下。"他命令邦德,"而我必须迅速介入此事,不能等着警察用他们那黑色大靴子破坏事故现场。"

马西斯关上收音机,深情地挥了挥手。门关上以后,房间里悄然无声。邦德靠着窗户坐了一会儿,庆幸自己还活着。

后来,邦德喝了一杯加冰的威士忌以后,打算点一份肥鹅肝酱饼和生冷龙虾,菜刚端上来,电话就响了。

"我是林德,"声音轻而焦虑,"你还好吗?"

"是的,还不错。"

"那就好,请多保重。"她挂了电话。

邦德摇了摇头,然后拿起刀选了一块最厚的热吐司。

他忽然看清眼前的现实:对方死了两个人,而我多了一个助手,好戏才刚开始。

他用刀沾了沾玻璃杯里的开水,觉得这一顿饭来之不易,必须给服务员双倍的小费。

第七章　初战告捷

邦德决定要完全进入状态，在赌博环节上演之前必须彻底放松身心，搞不好面临着一晚上的拉锯战。他订了下午三点的按摩，等到午宴的残羹剩饭都收拾走以后，他坐在窗边凝视着大海，直到有按摩师敲门进来，那个按摩师介绍自己是瑞典人。

一会儿，他默默地开始替邦德按摩，从脚开始一直到脖子，让他的身体肌肉彻底放松，也平复了他忐忑不安的紧张神经。就连邦德左肩膀和旁边那长期发紫的瘀青都不再疼了，瑞典人离开以后，邦德沉睡了。

晚上他醒来的时候整个人焕然一新。

邦德洗了一把冷水澡后来到赌场。因为前一天晚上发生的事情，邦德已经对赌桌上的事失去了兴致，他需要重新让自己集中注意力，赌博一半靠数理计算一半靠个人直觉，还要带一点儿自信和警觉，邦德知道要想取得胜利，这些都是必备的基本素养。

邦德向来好赌，他喜欢听发牌时候的哗哗声，还有绿桌子周围那些不动声色的人持续上演的戏剧性一幕。他喜欢棋牌间和赌场里面那种刻意安排得让人十分放心的舒适氛围，椅子上的扶手垫得严严实实，香槟或威士忌酒瓶随手可得，还有不紧不慢的服务员悄悄地注视着你，为你提供细致入微的服务。他觉得轮盘赌球还有纸牌里所谓的公正是那么的可笑，因为它们永远是有偏向的。他喜欢表现得像个演员，坐在自己的椅子上冷眼旁观，参与其他人做的决定，看着好戏连连上演，直到轮到他自己，再说出关键的字："补牌"或者"不补牌"，基本上都是一半的概率。

总的来说，他认为这都是每个人自己的错，奖惩全在个人的一念之间。运气只是帮手，绝不是关键所在，我们不能太依赖运气，只能最大限度地利用它。但是，我们必须明白并且认识到什么是运气，不能错把它当成概率。在赌博中，最要命的错误就在于把不会赌当作不走运。我们绝不应该害怕运气，而是应该乐于接受它，邦德把运气比作女人，需要和风细雨地索求或者毫不留情地掠夺，绝不应该阿谀奉承或苦苦追求。不过，他很诚恳地承认一点就是他从未受到牌局或者女人的困扰。有一天，他会接受为爱倾倒或为运气所羁绊的事实。当这一切发生的时候，他就知道自己也会被贴上很多人身上有的致命问号，在认输之前付出业已承诺过的代价：那就是接受错误。

今晚，当邦德从后面悄悄进入私人包间的时候，他自信满满并且觉得前景乐观,他将把一百万法郎换成二十个五万法郎的筹码,坐在经理旁边的一号位。

邦德借来了经理的记录卡,仔细研究下午三点开盘以来球的走向。他知道每一轮球掉落的位置和先前都没有丝毫联系,概率是独立的,但是这已经成为了他的行事风格。他知道每次赌局开盘都是重新洗牌,荷官①会用右手拿起象牙色的球,再用同一只手将四个轮辐中的其中一个顺时针拧一圈,然后再用这只手做第三个动作,沿着轮盘的外环逆时针方向轻弹小球。

显然,所有的这些流程还有轮盘、号码槽和圆柱体这些内部机械都经过精心设计,在过去几年里反复修正,哪怕荷官技术参差不齐或者轮盘存在误差,都不会影响球掉落的概率。然而,轮盘赌的玩家都养成了这么一个习惯,尤其对邦德来说,他会认真仔细地记下每一轮的历史记录,然后根据每一轮轮盘的转动下注。如果有个别号码出现两次以上或者偶数出现超过四次就会引起额外的注意。虽然邦德不推崇这种做法,但他觉得投入的精力越多,得到的回报就会越丰厚。

经过了三小时的较量以后,邦德对那一桌的记录已经了如指掌,他发现最后十二个数字概率不高。在此之前他一直注意着轮盘的走向,然后选择和前一轮相反的图案,当零出现后,重新开始选择。现在,他决定选用自己最顺手的策略,在这一桌上选择头两组的二十四个号码,每一个号码都下十万法郎的

---

① 荷官:在赌场工作的发牌员。

最高赌注。这样，他就买下了三分之二的号码（除了零），由于这些号码的赔率是二比一，不论二十五以下的数字出现几，每次他都一定能够赢得十万法郎。

七轮中除了最后一轮出现了三十，其他六轮他都得了手，最终净赚四十万法郎。第八轮的时候，他没有跟，结果出现了零。后面几轮运气越来越好，一旦出现三十，就表明最后一组的十二个数字将要轮番登场，这时他便转而选择第一组和第三组的号码，直到他连输两局后收手。玩了十把以后，第二组的号码出现了两次，害他损失四十万法郎，但是他最终离开的时候净赚了一百万法郎。

邦德开局便下了最高赌注，这样的玩法让他成为了焦点。他看起来如鱼得水，于是便有一两条领航鱼跟着这头大鲨鱼。坐在他对面的就是其中一个，邦德觉得他看起来像个美国人，他效仿邦德的做法也赢了不小的数目，好几次都对着邦德热情地挤眉弄眼。更有好几把是直接跟着邦德照做，把两张一万法郎的小筹码直接摆在邦德的大筹码前面。邦德起身离开时，他也立刻推开了椅子，从对面向邦德走来，兴高采烈地说："谢谢你带我一程，我觉得应该请你喝一杯，能否赏光？"

邦德觉得这个人可能是中情局派来的，便给了荷官一万法郎的筹码作为消费，然后也打赏了替他拉椅子的服务生，便和这个美国人一起走向酒吧，他知道自己的直觉是对的。

"我叫菲利克斯·莱特，"这个美国人说，"很高兴认识你。"

"我叫邦德，詹姆斯·邦德。"

"哦，是的，"他的同伴说，"现在让我们瞧瞧，我们应该点些什么来庆祝呢？"

邦德坚持给莱特点了杯加冰的海格威士忌，然后仔细地打量着吧台服务员。

"一杯干马提尼，"他说，"就一杯，要放在深的香槟高脚杯里。"

"是，先生。"

"稍等一下，三份哥顿金酒，一份伏特加，半份基纳利。摇匀摇到冰镇的感觉，然后加一大块柠檬薄片，明白吗？"

"明白，先生。"这个服务员看起来认同这个做法。

"天呐，这才是酒。"莱特说。

邦德大笑。"当我……呃……全神贯注的时候，"他解释道，"我从来不在晚餐前喝超过一杯。但是，我真的难以抗拒来一大杯浓烈的冰镇好酒。我不喜欢小份的东西，尤其还难以入口，这酒是我自己想出来的，一旦我想到好的名字，就打算申请专利。"

他非常仔细地打量着结了一层霜的高脚杯，里面的酒呈现出淡淡的金黄色，由于调酒师的失误漏了些气泡进去。他拿过酒杯，大大地吸了一口。

"好极了！"他对服务员说，"但是，如果你能拿到大麦酿的伏特加替代土豆酿的，那就能调出更好的口味。"

"不过，也不能鸡蛋里挑骨头啊。"他又用法语补充了一句。服务员笑了。

"那是一种粗俗的说法表示'吹毛求疵'。"邦德用英语解释了一遍。

但是莱特仍然对邦德的酒饶有兴致。当他们拿着各自的酒杯走到房间的角落时,他半开玩笑地说:"你一定是深思熟虑过的。"他降低了声音说,"你最好把下午尝的苦头称为'燃烧弹'。"

他们坐了下来,邦德大笑。

"我看见做了'X'标记的地方已经被隔离,他们让车子绕道而行,我希望没有把有钱人吓跑。"

"大家开始认为这是法共的作为,也有人认为是瓦斯爆炸。所有炸毁的树木今晚都会被砍下来,如果这里和蒙特卡洛的作风一样,那么明天一早就看不出一丝痕迹。"

莱特从行李箱里抖出一支切斯特菲尔德烟。"我很高兴能和你共同完成这份工作,"他说着看了看自己的酒,"我最欣赏的是你没有被荣耀冲昏头脑。我们的人都十分感兴趣。他们认为这件事和你朋友做的事一样重要,他们不知道这里头究竟有多疯狂。事实上,华盛顿那边非常反感,我们不是在表演,但是你知道上头希望我们怎么样。我觉得你在伦敦的同事应该也感同身受。"

邦德点了点头表示同意。"我有点儿嫉妒他们能够得到那么多内幕消息。"他肯定地说道。

"不管怎样,我现在要听你的指挥,不管你提出什么样的要求,我都会满足。有马西斯和他的手下在这里,就不会和之前一样准备得那么不充分了。不管怎样，有我在。"

"我很庆幸有你在，"邦德说。"对方已经找到我了，可能也找到了你和马西斯，我们的实力已经暴露了，没有什么能够阻拦他们。令我高兴的是勒·奇弗里和我们想象的一样绝望。恐怕我没有什么特定的事情让你做，但是，如果今晚你能一直在赌场周围不要走，那就更好了。我有一个助手了，就是林德小姐，我希望等我开始下注，你能够替我照顾她。你和她在一起不会丢面子的，她长得非常漂亮。"他朝莱特微微一笑，"也许你应该留意保护他的那两个枪手。我无法想象他会硬碰硬，但是到底会发生什么你永远也猜不到。"

"也许我能帮上忙，"莱特说，"在我加入这桩买卖之前，我可是海军陆战队的主力啊，可能和你比起来还差远了。"他看着邦德自我嘲讽道。

"不，你很厉害。"邦德说。

邦德后来得知莱特是德州人。当谈论起如何与北约的联合情报特工合作共事时，他倒了很多苦水，他觉得如果一个组织要代表的国家太多，要想维护安全是非常困难的。邦德觉得美国人都心地善良，而且大多数好人似乎都是从德州来的。

菲利克斯·莱特大概三十五岁了，个子高高的，外表看起来瘦骨嶙峋。他的深色轻薄西装松松垮垮地从他的肩膀上垮下来，就像当时美国红极一时的流行歌手弗兰克·辛纳屈[①]。他

[①] 弗兰克·辛纳屈：美国爵士音乐家，20世纪最重要的流行音乐人物之一。他能歌善演，演技出色，三次获得奥斯卡奖。

的动作和语速都慢吞吞的，但是给人的感觉是他有股让人意想不到的速度和力量。如果打起架来一定凶悍残忍。当他驼着背坐在赌桌有利位置的时候，看起来和隼一样，恰如一把折叠刀。他的脸也让人有这种感觉，尖尖的下巴和颧骨外加一张歪歪斜斜的大嘴巴。他灰色的双眼具有猫眼的轮廓，尤其当他闻到切斯特菲尔德的烟味时会习惯性地眯起来，而且他抽起来就是一连好几支。这个习惯让他的眼角皱纹日渐加深，总给人感觉他是在用眼睛微笑而不是用嘴巴。一头浅黄色的头发让他的脸庞看起来像个大男孩，但是如果细看起来就会发现事实截然相反。尽管他对自己在巴黎的工作开诚布公，邦德还是很快就注意到他从来不谈自己在欧洲或者华盛顿的美国同僚，他猜想莱特对北约国的共同利益根本不感兴趣，他关心的是自己的组织。邦德对他深表同情。

还没等到莱特喝下第二口威士忌，邦德已经将芒茨夫妇的事还有那天早晨他在海边进行的简短侦查都告诉了他，这时已经晚上七点半，他们决定一同溜达回酒店。离开赌场之前，邦德在柜台寄存了全部家当，一共是两千四百万，同时只留了几张一万法郎的纸币在口袋里。

他们穿过辉煌之星大酒店的时候，看见一群工作人员在处理爆炸现场。好几棵树都连根拔起，就连三辆市政府油罐车上的软管都被顺势冲到林荫大道和人行道上。弹坑倒是已经看不见了，只有几个路人还在对这场景目瞪口呆。邦德认为这样的修复工程也应该在其他地方开始了。

皇城矿泉那温暖人心的蓝色黄昏又一次恢复了往日的秩序和平静。

"门卫是谁的人？"当他们靠近酒店的时候莱特问起。邦德不是很确定。

马西斯还没能够暗示他们。"除非你自己把人带来，"他说，"否则，你就必须假设他们被对方收买了。所有门卫都是见利忘义，这不是他们的错。他们受到的训练就是除了王公贵族，其他宾客都有可能是骗子和小偷，他们才不会关心你的个人安危。"

当门卫匆忙跑进来询问他是否从前一晚的不幸遭遇中恢复时，邦德想起了马西斯的提醒。邦德觉得他应该说他仍然觉得有点儿站不稳。他希望对方相信这个情报，那么这个假消息会让勒·奇弗里错误估计对手的力量，他绝对会在晚上开始赌博。门卫拿出了一瓶甘油给邦德，希望他早日康复。

莱特的房间就在楼上，他们在电梯口分开，相约十点半至十一点半期间在赌场碰面，这个时间段正是豪赌的高峰。

第八章　灯红酒绿

邦德回到房间，依然没有任何有人闯入过的痕迹，于是他脱掉衣服，好好洗了一个热水澡，然后又用冰冷的水冲了一下，躺在了床上。距离和女伴相约在辉煌之星的酒吧会面仍有一个小时，利用这段时间，邦德要充分休息并且好好盘算一下计划，要在脑海里仔细检查一遍赌博时的细枝末节，以及输赢后的各种情况。他必须让马西斯、莱特和女伴假扮成服务员，如果发生意外情况就紧盯敌人的一举一动。他紧闭双眼，思绪跟着幻想穿过一系列精心策划的场景，好像他正在万花筒里观看着五彩斑斓的玻璃碎片。

此刻八点四十分，他疲惫不堪，大脑已经无法继续思考与勒·奇弗里决斗时应对种种情况的布局安排。他起身穿好衣服，完完全全地从幻想的未来当中走了出来。

当他系那根细长的黑缎面领带时，他迟疑了一会儿，对着镜子冷静地打量了自己一番。他那双灰蓝色眼睛看起来静如止水，眼神中透露出嘲讽和质疑。那一缕黑色的头发从来不肯服帖，慢慢地就在右眉毛上面形成了一个粗粗的逗号。加之他右脸颊上有一道细直的刀疤，更增添了一丝海盗的气息。马西斯把女伴对他的评价告诉了他，说他像豪奇·卡迈克，邦德心里嘀咕着，然后往一个轻巧的灰色铁盒子里装了五十根莫兰德烟，这些烟头上都带有三条金边。

他把盒子放进屁股后面的口袋，揿了揿自己的朗森打火机，检查一下燃料够不够，然后把薄薄一沓纸币放进口袋。随后，他打开抽屉，拿出一只麂皮枪套放在左肩膀下面，这样枪就悬挂在胳肢窝下面三英寸左右的地方。然后，他从另外一个抽屉的衬衫下面拿出一支扁平的骨质手柄点25口径伯莱塔自动手枪，退出弹夹和枪管里的一发子弹，接着他来来回回做了好几次挥枪动作，最后在空膛的情况下拉下了扳机。他重新给武器装好子弹、上膛，锁上保险，装进肩套的浅口袋子里。他仔细地查看了房间一圈，看看有没有遗漏的东西，然后在厚重的蚕丝晚礼衬衫外面套了一件单排扣晚礼大衣。他觉得十分惬意凉爽，看着镜子再次确认别人看不出他左手臂下面藏着一把枪，然后最后又整理了一下细窄的领带，走出房门上好锁。

他刚走上楼梯，身后的电梯门开了，有一个冷冷的声音对他说："晚上好。"

原来是他的女伴，她站在那里等他迎上去。他清楚地记得她的美貌，不过他一点儿都不奇怪这一次又被震撼到了。她的长裙是黑丝绒做的，简洁华丽，能够设计出如此美丽华服的设计师恐怕在这个世界上寥寥无几。她的脖子上戴着一根细细的钻石项链，在 V 领口佩戴着一个钻石别针，正好露出了她那傲人的胸部。她的双手叉着腰，手上拿着一只平整的纯黑色晚宴包。她那乌黑亮丽的秀发直直地散落下来，只有下巴下面的发梢向里微微卷曲。

她看起来美极了，邦德的心怦怦乱跳。

"你看起来可爱极了，收音机这一行生意肯定不错！"

她挽着邦德的手，问道："我们直接去用晚膳好吗？我想隆重登场，可是我的黑丝绒里藏着太多可怕的秘密，一坐下来就会暴露，假如今晚你听到我尖叫，我一定是坐在藤椅上了。"

邦德哈哈大笑。"当然可以，我们去吃饭吧。我们一边点菜一边喝点伏特加。"

她朝邦德瞥了一眼，冷冷一笑，邦德立马改口说："或者鸡尾酒也行，只要你喜欢，这里的食物在皇城矿泉数一数二。"

就在这一刻，他感到有些丢脸，自己做的决定不仅备受嘲讽，还受到冷漠的对待，甚至被她瞄了一眼之后，他还做出那样献媚的举动。

不过，这不过是一个小插曲罢了，当餐厅领班鞠着躬带领他们穿过拥挤的房间时，邦德跟在她后面感到所有就餐的宾客都扭头注视着她。

餐厅里有两扇宽阔的月牙形窗户，看起来像一只停泊在酒店花园上的船舶，造型十分前卫，但是邦德选择坐在窗边，他在大包间的后面选择了一张桌子，桌子一旁的壁橱上有一面镜子。这家餐厅从爱德华时期一直保留到今天，在白色和镀金的装饰下显得清爽明快,桌布都选用红色丝绸,墙上的灯也都是后帝国时期的风格。

他们在折叠精致的菜单上像破解密码一样细细阅读着紫色的字体,这时邦德叫来了酒保。他对同伴说:"你想喝点儿什么?"

"我想要一杯伏特加。"她简单地说了一句以后又继续研究菜谱去了。

"一小瓶冰镇伏特加。"邦德说。突然,邦德对她说:"我不能连你的名字都不知道,向你的漂亮裙子祝酒吧。"

"维斯珀[①],"她说,"维斯珀·林德。"

邦德将信将疑地看着她。

"总是要解释真是没办法,因为我出生在晚上,据我父母说那天夜里刮着暴风雨,显然,他们想要记住这一天。"她微微一笑,"有些人喜欢,有些人不然,我只是习惯被这么叫罢了。"

"我觉得这个名字很好听。"邦德说。突然,他想到了一个主意。"我能借用一下吗?"他解释了自己发明的特殊马提尼,说自己一直在为它寻找名字。"就叫维斯珀,"他说,"听起来十分般配,当全世界的人在黄昏时分喝起我的鸡尾酒,这个名字就显得十分应景。我能用你的名字吗?"

"前提是我必须是第一个喝上这杯酒的人,"她应许道,"听起来这酒令你引以为豪。"

---

① "维斯珀"(Vesper)这个名字在英语中有"傍晚"的意思。

"等这件事结束了，我们一起来喝一杯，"邦德说，"不管输赢都要喝。现在你决定好晚饭吃什么了吗？点贵一点儿的菜，"他发现她有些迟疑时，补充了一句，"否则就白白穿那么漂亮的裙子啦。"

"我点了两个菜，"她笑着说道，"两个都应该不错，但是偶尔扮演一下百万富翁也是不错的，如果你确定要点贵一点儿的话……好吧，我就先来一道鱼子酱，然后再来一道苹果舒芙蕾配烤牛腰，最后，再来一道野草莓配奶油。这么趾高气扬地点了一连串那么贵的菜，我是不是有点儿过分了？"她笑着向他询问道。

"这可是美德，不管怎样，这只不过是一顿普普通通的健康美食。"他转过身对餐厅领班说："多拿点儿烤面包来。"

"麻烦总是接二连三，"他对维斯珀说，"但是问题不是拿不到足够的鱼子酱，而是如何拿到足够的烤面包。"

"现在，"他重新打量起菜单，"我自己会陪小姐一起点一份鱼子酱，然后来一块很小的菲力牛排，五分熟，沾上蛋黄酱搭配洋蓟菜心。既然小姐爱吃草莓，那么我就来半个牛油果，配上一些法国色拉酱。你看行吗？"

餐厅领班鞠了一躬："好的，这位小姐，这位先生。啊，乔治先生——"他说着转向酒保又向他重复了一遍点的菜。

"**完美**[①]。"那个酒保说，然后献上了带有皮制封面的酒单。

[①] 此处原文为法语。——编者注

"如果你同意的话，"邦德说，"我想今晚和你一同喝香槟，香槟用来祝贺喜事，我觉得适合今天的氛围。"他补充道。

"好的，来一杯香槟。"她说。

他一只手放在菜单上，一边转向酒保说："一九四五年的泰亭哲？"

"好酒，先生，"酒保说道，"但是如果先生允许，"他用铅笔指了指说，"像这个牌子的一九四三年干白，在别的地方可是再也找不到相同的了。"

邦德微微一笑说："那就是它了。"

"这酒不是知名品牌，"邦德向女伴解释道，"但是，这也许是世界上最好的香槟了。"他突然对自己品头论足时的样子感到好笑。

"请您见谅，"他说，"我特别热衷于挑选食物和美酒。这一部分是因为我是一个单身汉，更多是因为我喜欢反复斟酌细枝末节，的确是有点儿吹毛求疵、婆婆妈妈，但是我工作的时候，基本上都是自己一个人吃饭，这样不厌其烦就会变得有趣一点儿。"

维斯珀朝他笑了笑。

"我喜欢这样子，"她说，"我喜欢把每件事情做到极致，每个人做事都应该发挥出最大的本事，我觉得这才是生活，虽然这听起来像是涉世未深的小女孩说的话。"她很抱歉地说。

这时，小瓶的伏特加被放在一碗碎冰中送了过来，邦德倒满了酒杯。

"是的，我同意你的说法，"他说，"现在，就看今晚的运气了，维斯珀。"

"是的，"维斯珀举起小酒杯，奇怪地打量着他，一边轻声说道，"我希望今晚一切顺利。"

邦德感到她在说话的时候，不由自主地耸了耸肩，速度很快，但是随后她又忍不住向他靠过去。

"马西斯让我带点儿消息给你，他很想亲自告诉你关于炸弹的事情，说起来令人难以置信。"

第九章　指点迷津

邦德环顾四周，此刻绝不可能被监听。鱼子酱已经上桌，就等着热烘烘的烤面包从厨房里送来了。

"告诉我。"邦德迫不及待地想要知道答案。

"他们在通往巴黎的路上抓获了第三名保加利亚人，他开着'雪铁龙'，车上有两名英国乘客，他们是搭便车的背包客，恰好可以掩人耳目。在设置了路障的地区，他蹩脚的法语让他原形毕露，警察让他出示证件，不料情急之下，他拔出枪打中了一名骑摩托车的巡警，但是，另外一名警察将他逮捕，并且阻止了他自杀，我不知道他们用了什么手段。随后，我想他们将他带到鲁昂，用法国人的那套方式得到口供。

"显然，这些人在法国专门做这些见不得人的勾当，都是些破坏分子、流氓混混，马西斯的朋友已经打算围捕他们的剩余势力。他们如果杀了你，就能得到两百万法郎，向他们透露情况的特工告诉他们，只要照着指示按部就班，绝不会被捕。"

她喝了一口伏特加继续说道:"但是,这就是有趣的地方了。"

"这名特工给了他们两个你看到过的相机盒,他说颜色鲜艳的外壳让他们使用起来不容易出错,还告诉他们蓝盒子里有一个威力巨大的烟雾弹,红盒子里藏的是炸药。当一个人投掷红盒子的时候,另一个人就按蓝盒子上的按钮,这样他们就能在烟雾的掩护下逃走。但是事实上,根本没有烟雾弹,只是为了让保加利亚人以为他们能够逃脱而编造出来的谎言。两个盒子里放的都是相同的烈性炸药,红或蓝根本没有区别。这样一来,不仅干掉了你,而且也毫无痕迹地处理了投掷炸弹的人,处理第三个人大概还有其他的方法。"

"继续。"邦德说,他对心思缜密的局中局佩服至极。

"好的,显然保加利亚人以为这听起来很好,但是他们也很狡猾,决定力求万全。他们认为如果先触发烟雾弹,再从烟雾中朝你投放炸弹更加万无一失。你看到的就是那个副手在操控所谓的烟雾弹,结果就是两个人都一命呜呼了。

"第三个保加利亚人当时一直在辉煌之星大酒店等着接应他那两个朋友。当他看到这一幕时,以为他们两个搞砸了。但是警察搜集了未引爆的红色炸弹碎片,并拿着这些碎片和他对质。他发现自己被设局了,他的两位朋友和你面临着相同的结局,于是便松口了。我希望他现在还能有所交代,但是这些事情与勒·奇弗里毫无联系,他们的工作由一个中介人代为传话,可能是勒·奇弗里的一个手下,幸存的那个人从来没有听到过他的名字。"

话音刚落,服务员正好把菜端上来,其中有鱼子酱、一大堆烤面包和碎洋葱煮鸡蛋,小菜端上来的时候,蛋黄和蛋白分别放在两个盘子里。

鱼子酱高高地堆在他们的盘子上,他们俩默默地吃了好一会儿。

过了一会儿,邦德说:"要知道,躺在棺材里的人差点儿就是我,他们这是自食恶果。马西斯一定很得意,二十四小时内五个人背叛了他们的组织。"然后他还把捉弄芒茨夫妇的事情告诉了她。

"我插一句嘴,"邦德问,"你是怎么掺和进这件事情的?你是哪个部门的?"

"我是 S 处长的私人助理。"维斯珀说,"既然这是他的计划,他想给自己的人手配备一名助手,所以他就问 M 能否让我去。这看起来就是一份联络员的差事,所以 M 同意了,但是他告诉我的上司说如果派一个女人与你合作共事,你会非常恼怒。"说到这里她停顿了一下,看到邦德没说什么才继续说道:"我必须在巴黎和马西斯碰头,然后和他一同来。我有一个女性朋友在迪奥①当售货员,她想了办法借给我这条晚礼服还有早上穿的裙子,否则,我根本没办法与这里的人相比。"她指了指这间房间。

---

① 迪奥:法国著名时尚消费品牌。

"办事处的人都很嫉妒我,虽然他们不知道这是一项什么任务,但是他们知道我将和00特工合作。你可是我们的英雄啊,我感到荣幸至极。"

邦德皱了皱眉头说:"如果你准备杀人,那么要成为00特工也不是什么难事。这就是00的含义,没什么值得骄傲的。为了成为00特工,我在纽约杀了一个日本密码专家,在斯德哥尔摩杀了一个挪威双面间谍。也许他们都是正直的人,只不过陷入了乱世之中,就像在爆炸事件里命丧黄泉的保加利亚人一样。这个买卖令人费解,但这是一种职业,必须听命于上级指示。你觉得碎鸡蛋配鱼子酱好吃吗?"

"这个搭配很不错,"她说,"我太喜欢这顿晚餐了,就是有点儿不好意思……"她注意到邦德眼神冷漠,于是不再往下说。

"如果不是为了这份工作,我们不会在这里。"邦德说。

突然,他有些后悔在这顿饭局中滔滔不绝,说了太多推心置腹的话,不知不觉两人关系亲密起来,不再是单纯的工作关系。

"我们考虑一下接下来做什么吧,"他马上义正言辞地说。"我最好解释一下我的计划以及你应该如何协助我,但是,恐怕你也帮不了我。"他特意补充了一句。

"我们眼前的事情是这样的。"他一边勾勒着计划,一边细数着各种各样会发生的突发事件。

上第二道菜的时候,餐厅领班一直在旁边注视着。邦德等到他离开,才又继续说下去。

她不动声色地听着他讲话,格外认真。虽然她一直记得S处长对她的提醒,但是此刻她感到自己彻底被他认真的样子征服了。

"他是一个很专注的人,"她的上司给她分配任务的时候这样对她说,"不要幻想这件差事会很有乐趣,除了自己的任务,他对任何事情都漠不关心,他就是一名不折不扣的特工。但是,他是一名不可多得的专业特工,你去协助他能够学到很多东西。这家伙长得很帅,不要爱上他,我不认为他会动这心思。不管怎么说,祝你好运,安全第一。"

这一切对她而言都是一种挑战,直觉告诉她,邦德非常注意她并且喜欢她,她感到欣喜若狂。但是,就在他们互诉衷肠时,他突然板起脸来,变得非常冷漠,好像与亲切感有仇。她感到自己犯傻了,极其难过,便只好假装不在意,把所有的精力都集中在他所说的内容上。她可不能再犯同样的错误了。

"……我们最大的希望就是祈祷幸运女神站在我这边,而不是站在他那边。"

邦德向她解释百家乐的玩法。

"这个玩法和其他玩法一样,庄家和闲家赢的概率几乎是一样的。在两者都没有押中的情况下,运气起着决定性作用,要么破了庄家的局,要么就破了闲家的局。

"今晚,我们知道勒·奇弗里靠着埃及财团的钱做了庄家,他在贵宾席那里排阵布局。为此,他付了一百万法郎,他的资本缩减到了两千四百万。我也下了同样的赌注。我估计会有十个闲家，我们会围着庄家坐在椭圆形状的赌桌上。

"通常，这个桌子分为两个牌区。庄家可以在两边下注，同时和两边对抗。下注过程中，庄家只有通过一流的计算使两边一决高下才能获胜。但是，在皇城里没有足够的百家乐闲家，所以勒·奇弗里打算在一张牌桌上拼手气。这种情况不多见，因为这样一来，不利于庄家，不过没关系，他们暗地里操作之后会偏向他，而且，他决定了赌注的份额。

"看吧，庄家和荷官一起坐在中间洗牌，宣布每局的赌注，还有一名仲裁主持公正。我应该尽可能地坐在勒·奇弗里的对面。他面前会有一个牌盒藏了六副牌，都是洗好的。没人有机会对牌盒里的牌捣乱。荷官洗牌直到有闲家喊停，然后在众目睽睽之下把牌放进牌盒里。我们检查了里面的人手，都没问题。如果能对所有的牌做上标记，当然是非常有用的，但是，这是不可能的，除非荷官装聋作哑。不管怎样，我们必须时刻关注。"

邦德喝了点儿香槟，继续说道：

"现在，在赌博中会发生什么呢，庄家宣布开局是五十万法郎，就是五百英镑。每个闲家从庄家的右手边起编号，最靠近的一号闲家可以选择跟进，并且把钱放到赌桌上，或者他认为太高不想跟就选择不跟。然后是二号的权利选择跟或不跟，然后三号、四号以此类推。如果没有闲家全部跟进，那么这一局所有人都可以跟进，包括桌子周围的旁观者，直到凑足五十万。

"这个赌注很小,一眨眼就会达到,但是如果达到一百万或者两百万的话,就很难找到一个人跟进,如果庄家手气好,即使一组人跟进了也没办法达到赌注。这个时候,我就要拼尽全力接受赌注,介入其中,说穿了,我要寻找一切机会击垮勒·奇弗里,直到分出胜负。这也许要耗上一段时间,但是最后,我们两个中间一定会有一个击败对方,不论其他闲家表现如何,最多也就是添砖加瓦抑或雪上加霜。

"作为庄家,他只有微弱的优势,但是,他知道我绝对不会善罢甘休,他只是不知道我的资金是为了给他施加负担,所以我希望我们能够站在同一起跑线上。"

服务员把草莓和牛油果端上来的时候,他打住了。

他沉默着吃了一会儿,然后,咖啡端上来的时候又聊了一些别的话题。他们还抽了一会儿烟,没有喝酒。最后,邦德打算开始解释赌博的实际操作原理。

"这个游戏其实很简单,"他说,"如果你玩过二十一点你会立刻明白游戏的目标就是从庄家那里拿牌,然后与庄家比谁的点数更接近二十一。赌博的时候,我拿两张牌,庄家也拿两张牌,除非有人直接取胜,否则,我们两个又可以各拿一张牌。这个游戏的目标就是那两张或三张牌,总点数是九,或接近九。十以上的牌为零点,A算一点,其他的卡片按面值计算,同时只取最后一位。所以,九点加上七点得到六点,而不是是十六点。最接近九点的玩家获胜,平手的话重新开局。"

维斯珀听得聚精会神，但是，她也在观察邦德脸上那些难以捉摸的激动之情。

"现在，"邦德继续说道，"当庄家发给我两张牌时，点数上了八或者九，就是'天生赢牌'，我直接开牌获胜，除非他有同样的或者更好的天生赢牌。如果我没有拿到天生赢牌，我可以退而求七或者六，也许还可以再要求发一张牌，如果连五点都不到，一定要再叫牌。五点是这个局的关键，根据数字出现概率，如果手上的点数是五，那么大于或小于五的概率又是平等的。

"只有当我再叫牌，或者轻拍桌子表示坚持我的点数时，庄家才能看他的牌。如果他有天生赢牌，他就能亮牌获胜，否则，他和我面临同样的问题。但是，他有权利根据我的举动决定是否要发第三张牌，这一点对他大有裨益。如果我坚持，他肯定会推测我有五点、六点或者七点，如果我退缩，那么他就会知道我的点数少于六，我会寄希望于他给我发的牌，然后这张牌会正面朝上发给我。根据这张牌的面值以及概率大小，他就能判断是否继续叫牌，或者坚持手上的点数。

"所以，他只有微弱的优势，他只不过能够决定是否继续叫牌。但是在此过程中，一直有一张问题牌，就是你不知道对手会怎么处理五点。有些人一直习惯叫牌，有些人一直习惯坚持，而我跟着直觉走。"

"但是，最后，"邦德掐灭了烟准备埋单，"关键是八和九这些天生赢牌，我必须确保自己拿的比他的多。"

第十章　各就各位

邦德一边讲述着来龙去脉，一边期待着这一场硬仗，脸上神采奕奕。一想到能够与勒·奇弗里交手就让他兴奋难耐。前面两人冷场的尴尬局面被他抛诸脑后，维斯珀也被他调动起情绪，整个氛围轻松愉快。

他付了账单，然后给了酒保一笔可观的小费。维斯珀起身引路，然后他们共同离开酒店。

一辆加长型的宾利车在门口等候，邦德让维斯珀上车，然后行驶到距离赌场入口最近的地方停下。当他们穿过富丽堂皇的接待大厅时，邦德一言不发。她看着他，只见他的鼻孔微微张开，正和赌场工作人员兴致勃勃地着打招呼，完全一副轻松自如的样子。在私人包间的门口，都没有人要求他们出示会员卡。邦德的出手阔绰已经使他人见人爱，和他一起来的人都能沾光。

他们进入正式赌博大厅之前，菲利克斯·莱特从其中一个轮盘赌赌桌上下来，和邦德故友重逢般相聚。两人寒暄一番后，邦德向他介绍了维斯珀·林德,莱特说:"嗯,既然你今天整晚都在玩百家乐,你能否让我向林德小姐秀一下如何在轮盘赌上击败庄家?我有三个幸运数字,马上就要开了,我猜林德小姐也有好些个数字在心里吧。等我这里好了,我们就去看你的情况,届时你那边应该已经做好充分准备了。"

邦德看着维斯珀,征求她的意见。

"我觉得这是个好主意,"她说,"但是,你能不能给我一个幸运数字呢?"

"我没有幸运数字,"邦德板着脸说,"成败各半,或者尽可能地接近。好了,我必须走了。"他告辞了,"和我的朋友菲利克斯·莱特搭档,能学到很多。"他向两人微微一笑,从容不迫地走向筹码兑换台。

莱特觉得这是一种粗暴的拒绝方式。

"他是个非常较真的赌徒,林德小姐,"他说,"我猜想他也是不得已。现在,你跟我来吧,我们看看'十七'是如何被我的第六感猜中的。你会发现仅凭直觉就能不劳而获,轻而易举地赚到一大笔钱。"

邦德为能够重新单枪匹马地工作而倍感轻松,他终于可以排除一切杂念,全力以赴。他站在筹码兑换台旁,拿着下午的收据取出两千四百万法郎。他把票据平分放在两个信封里,左右口袋各放一个。然后他慢悠悠地穿过拥挤的赌桌,来到赌场最显眼的位置,那里由黄铜栏杆围绕起来,中间摆放着宽阔的百家乐赌台。

桌上摆满了道具，牌面已经由荷官慢慢地洗好，朝下铺开，这样不仅效率最高而且能够排除作弊的嫌疑。

赌场经理提起丝绸包裹的链条，让玩家从栏杆外进入。

"我已经按照您的吩咐保留了六号桌，邦德先生。"

邦德朝里走去，服务员替他把椅子拉出来，请他入座，此刻还有三个空闲的座位。他坐下来朝左右两边的玩家点了点头，然后拿出铁灰色的烟盒还有黑色打火机，放在右手肘下的绿色台面上。服务员用布擦了擦厚厚的玻璃烟灰缸，放在他手边。邦德点燃一支烟，斜靠在椅背上。

他的对面就是庄家的椅子，此时还没有人。他环顾四周，一眼就认出了大部分玩家，只是名字还不能完全对号入座。右手边的七号桌上是希斯科特先生，在刚果从事金属买卖的比利时人，非常富庶。九号桌是丹弗斯勋爵，长得弱不禁风但地位显赫，他的法郎可能是他有钱的美国妻子给他的，这个中年妇女长着一张梭子鱼的血盆大口，坐在三号桌。邦德猜想他们的打法会很狡诈，但他们心理素质不好，可能是最先败下阵来的玩家。而坐在庄家右手边一号桌上的是一个非常有名的希腊赌徒，拥有一条利润可观的航线，在地中海东部的每一个人，包括邦德本人都亲身体验过。他打法高超，沉着冷静，可能会笑到最后。

邦德向服务员要了一张牌，写了剩下的数字，分别是二、四、五、八和十，并在下面画了工整的问号，然后让服务员把牌交给经理。

牌很快又回到他手里，上面写满了人的名字。

无人的二号桌上应该是卡梅尔·德兰恩，美国的电影明星，有三任前夫的赡养费可以挥霍，邦德猜想只要她一个电话，可能在皇城里就有她的现任给她送钱来。她天生自信满满，玩起来也必定神定气闲、底气十足，可惜只能依靠手气行事。

然后是三号桌的丹弗斯夫人，四号桌和五号桌的杜邦夫妇，看起来有钱，但没人知道是不是真有来自杜邦家族的钱在背后支持他们。他们看起来都十分会做生意，而且相互交谈的模样看起来十分轻松愉悦，好像经常出没于赌场，邦德猜测他们也会留下。有杜邦太太坐在五号桌，还有其他人作陪，邦德感到非常高兴，他准备好与他们以及右手边的希斯科特先生共同面对强大的庄家。

八号桌是印度一个小地方的邦主，可能用的都是战后的结余。邦德的直觉告诉他亚洲面孔当中鲜有胆大冒进的赌徒，即使最爱自吹自擂的人，都会在手气不佳时，灰心丧气。但是，这位邦主可能会一直玩下去，如果输钱不是很厉害的话，会一点儿一点儿积少成多。

十号桌托梅里先生是一位看起来神采奕奕的意大利年轻人，他可能在米兰靠收取高额租金赚了一大笔钱，赌起来横冲直撞，最后可能会情绪失控、大出洋相。

邦德才刚刚对各位玩家有了粗略的了解，勒·奇弗里就不动声色地进来了，他毫无多余的动作，一举一动显出大人物的气场，穿过栏杆走了进来，脸上带着冷漠的笑容欢迎桌面上的玩家，然后直接坐在了邦德面前的庄家位子上。

只消几个动作，荷官就把厚厚一沓纸牌整齐地摆在他摊开的双手之间，接着迅速地将六沓纸牌放进牌盒，勒·奇弗里与他耳语了几句。

"先生们，女士们，我们正式开始，一把滩庄五十万。"说到这里，一号桌的希腊人轻轻敲了敲桌子，他的面前放了厚厚一沓十万元的筹码，然后说"滩庄"。

勒·奇弗里俯下身靠近牌盒，故意敲打一下来整理里面的牌，第一张牌顺着铝制的牌盒口露出一点点半圆形的浅粉色牌面。然后，他用粗壮的食指轻轻按压在牌面露出的一角，将第一张卡片朝他右边希腊人的方向抽出六英寸到一英尺的长度，他也给自己抽了一张牌，接着又给希腊人和自己各发一张牌。

发完牌后，他根本没有翻开自己的牌，坐在那里纹丝不动，两眼盯着希腊人的脸。

荷官用扁平的木铲巧妙地翻起希腊人那两张牌，这把铲子好像砌砖工用的长柄铲，然后利索地放在距离他右侧几英寸的地方，平铺在他的手边，希腊人那双带着浅色毛发的双手好似两只粉色的螃蟹警惕地放在桌上。

突然，两只粉色螃蟹一同爬动起来，希腊人用宽大的左手把牌抓过来，小心地低下头，在两手挽起的阴影里看清两张底牌的大小。然后，他慢慢把右手食指伸进牌底下，轻轻把底牌推到一边，好看清上面一张牌的数字。

看清牌的点数后，他面无表情地将左手摊在桌子上，然后又抽了回来，留着眼前两张牌朝下放着，而点数是多少则无人知晓。然后他抬起头，直直地盯着勒·奇弗里。

"不补牌。"他斩钉截铁地说道。

从他坚决的态度可以看出他的点数至少在五以上，也许是六或者七，如果庄家确保要赢，必须翻出八以上的点数，如果庄家没办法翻出，他还有机会再补牌，但是或许只会让点数更小。

勒·奇弗里双手紧扣，牌就放在手边三四英寸的地方。他用右手拿起两张牌，指尖一挥，把牌翻了过来，一张四、一张五，是无可匹敌的天生赢牌。

他赢了。

"庄家得到了九，"荷官轻声说道，他手握小木铲，面向希腊人的两张牌，"这里是七。"他毫无表情地说着，一边缓缓举起"七"和"Q"两张废牌，通过椅子旁边的宽槽让它们回到凹形金属罐里，所有的废牌都会回到那里重新发出。勒·奇弗里的两张牌也跟着进去，掉落在金属底板上发出沙沙声。

希腊人把面前五个十万筹码推了出去，荷官把筹码叠加到勒·奇弗里铺在桌子中央的五十万当中。赌场会在每一局收取一定的份额，也就是募集箱，但是还有一种常见的做法，就是在赌注大的赌博中，庄家自己可以按照先前约定的份额贡献，也可以每一把结束后抽成，这样一来，庄家的份额就会一直是一个整数。勒·奇弗里选择的是第二种。

荷官朝着桌上的投币口扔了几个筹码，里面是募集箱，然后轻轻地说了一句："一次滩庄一百万。"

"跟。"希腊人嘀咕了一句，这就意味着他将继续输掉下一局。

邦德点燃一支烟，端坐在椅子上。一场漫长的赌博开始了，这些手势的顺序还有柔和的陈述将反复上演，直到曲终人散，这些神秘的纸牌也都将被烧毁抑或损毁。桌上会蒙上一块布，使这青草如茵的粗呢台面犹如战场一般吸干受害者的每一滴血，自己却获得焕然新生。

希腊人在取走第三张牌以后，才拿到四点，根本达不到庄家的七点。

"一次滩庄两百万。"荷官说道。

邦德左手边的玩家依旧沉默不语。

"滩庄。"邦德说。

第十一章　关键时刻

勒·奇弗里冷漠地看着他，眼珠周围的眼白好像来自一个没有生命的木偶，毫无生机。

他从桌上慢慢移开那只宽厚的手掌，伸进晚礼服的口袋里。手伸出来的时候，握着一个小巧的金属汽瓶，还有已经被拧下来的盖子。他往汽瓶里插入喷嘴，轮流朝黑色的鼻孔里插了两次，尽情地享受着苯甲胺的气味，看起来无比猥琐下流。然后，他又不紧不慢地把吸入剂放回口袋里，迅速回到桌面上，对着牌盒再一次用力地拍了一下，动作依旧干净利索。

就在他进行这一系列防御措施的时候，邦德一直不动声色地注视着他，只见他惨白的面孔上面顶着一小撮红棕色的头发，湿湿的嘴唇毫无微笑，还有那引人注目的宽阔肩膀松松垮垮地披着一件大号礼服。要不是光线聚焦在了披肩式的翻领缎面上，他也许就变成了一头粗壮的黑毛牛头人。

邦德数都没数，随手扔了一小包票据在桌子上。如果他输了，荷官会拿走应有的部分，但是这个简单的动作表明邦德根本没想过会输，同时也表示邦德背后有巨资撑腰。

其他人感到了两个人之间的胶着，勒·奇弗里默默地从牌盒里点了四张牌。

荷官用小木铲递给邦德两张。邦德目不转睛地看着勒·奇弗里的双眼，同时用右手伸出几英寸，迅速低头看了一眼，然后抬起头不动声色地看着勒·奇弗里，满怀鄙夷地把牌扔在桌上——一个四，一个五，毫无疑问他赢了。

人群中传来羡慕嫉妒的赞叹声，邦德左手边的闲家也露出了遗憾的眼神，后悔自己没有接受两百万的赌注。勒·奇弗里耸耸肩，慢悠悠地看了看自己的牌，然后指甲轻轻一弹，把牌扔在一边，这是两张毫无用处的 J。

"百家乐。"荷官一边高声喊道，一边铲起厚厚的筹码放到邦德面前。

邦德把筹码放进右手口袋，里面还有剩余票据。虽然脸上毫无表情，他还是暗自庆幸自己第一把就得了手，并且不动声色地让对手败下阵来。

他左边的杜邦夫人对着他揶揄一笑，"我不应该让你，"她说，"这两张牌是发给我的，我自己不要的。"

"游戏才开始，"邦德说，"也许下次让牌你就对了呢。"

杜邦先生从另一边朝他妻子侧过身来说："如果一个人每一把都是对的，那么我们在座的各位就不会还在这里了。"他镇定自若地说。

"我会在这里，"他妻子大笑道，"你不要以为我这么做是为了好玩。"

游戏继续，邦德看到有两个旁观者靠在桌子周围的黄铜栏杆上，他马上察觉到那两人是勒·奇弗里的枪手。他们站在庄家身后两侧，衣着得体，只是难免有些招摇过市，一看就不是来这里赌博的。

站在勒·奇弗里右边的高个子，穿着晚礼服像个奔丧的人。他面如槁木，但是目光如炬，像魔术师那样闪烁着光芒，身体不停地在移动，双手会轮流放在黄铜栏杆上。邦德猜想他杀人不眨眼，而且更擅长绞杀。他有点儿像出演《人鼠之间》的演员雷尼·斯默，但是他杀人的天性不是与生俱来的，而是因为吃了药，邦德断定是大麻。

另一个人看起来像在科西嘉岛经营小铺子的店主，又矮又黑，留着油腻腻的平头。他身旁的栏杆上挂着一根短短的手杖，上头是橡胶做的手柄，杖身用马六甲的藤条制成，这么看来他有些瘸。邦德知道，为了防止暴力行为，无论木棍还是其他物品都被禁止带入房间，此人一定是经过批准才把手杖带进赌场的。他看起来衣冠楚楚，大腹便便，半张着嘴，露出一口坏牙，留着粗黑的小胡子，靠在栏杆上的手背满是黑色的毛发。邦德猜想他矮胖的身体一定到处都是黑毛，如果脱光了衣服，肯定恶心至极。

游戏继续进行，但是庄家似乎更胜一筹。

对于十一点和百家乐而言，第三轮是一条"分水岭"。你的运气既能给你带来翻盘的机会，也会引发一场灾难，通常凶多吉少。每逢此时,你就会发现自己又被一步一步打回原形。现在就面临着这个关键时刻,庄家和闲家都没有办法轻而易举地获胜。但是就在赌注不断积累,到达一千万的两个小时里,闲家对抗庄家的气势慢慢地消失殆尽。邦德不知道过去两天里勒·奇弗里赢了多少钱,估计能有五百万,但现在庄家的资金不会超过两千万。

事实上,勒·奇弗里那天下午输得很惨,他手边只剩下一千万。倒是邦德接连得手,还不到凌晨一点就赢走四百万,总资产累计达两千八百万。

邦德暗自庆幸,勒·奇弗里却始终毫无表情。他像机器人一样继续下注,只在每局开始时低声对一旁的荷官发出指示,其他时候从不多言语。

贵宾席里一片沉默,外面赌台的喧闹声此起彼伏地传了过来。十一点、轮盘赌还有猜红黑,荷官清晰的喊声与各个角落时不时爆发的笑声和兴奋的喘息声交相辉映。

大厅背后隐藏着一个砰砰作响的计数器,每一转轮盘赌和每一局纸牌都能增加百分之一的抽成,它就像一只贪婪的肥猫,没心没肺地跳动着。

就在邦德的手表显示一点十分的时候,贵宾席上的局面突然发生了巨变。

一号桌的希腊人依然手气很差,他在头两把中输掉了五十万法郎,第三轮的时候他选择轮空,留给庄家两百万。二号桌的卡梅尔·德兰恩没有要牌,三号桌的丹弗斯女士也没有要，杜邦夫妇相互看了一眼。"滩庄。"杜邦夫人说，然后立马就发现输给了庄家的天生八点赢牌。

"**一次滩庄四百万**[①]。"荷官说道。

"**滩庄。**"这次轮到邦德，他拿出一团票据。

他再一次紧盯着勒·奇弗里的双眼，然后粗略看了一下两张牌，说"不"。他刚好拿了五，这个情形太危险了。

勒·奇弗里开出了一张J和一个四。他又拍了一下牌盒，抽到了三。

"**庄家得到了七，**"荷官说道，"**七对五。**"他边说边把邦德输牌翻了个面。他掳走邦德的钱，取走四百万法郎然后把剩余的再还给他。

"**一次滩庄八百万。**"

"跟。"邦德说。

这把又输了，庄家拿了九点，天生赢牌。

两把之中，他就输了一千两百万法郎。他把手伸进口袋摸索了一遍，只剩下一千六百万法郎了，正好还能参加下一轮"滩庄"。

邦德的手心不停地冒汗，他的资金不停地蒸发。勒·奇弗里对最后获胜垂涎已久，于是他用右手在桌子上轻轻地敲了几声。邦德直勾勾地看着前者那乌黑的眼睛，它们好似在嘲讽你、质疑你，它们问："你想全部跟进吗？"

[①] 粗体部分原文为法语，下同。——编者注

"**跟**。"邦德温和地说。

他从右侧口袋拿出票据和筹码，还有左侧口袋里的一堆票据，把它们推到面前。从他的举动里根本看不出这是他的最后一把。

他突然觉得嘴巴干涩得像毛糙的墙纸。他抬起头看着维斯珀和菲利克斯·莱特，他们站在拿手杖的枪手旁边。他不知道他们站在那里有多久了。莱特看起来有些担心，但是维斯珀的笑容似乎在给他打气。

他听见一旁栏杆有轻微的嘎嘎声，于是他转过头，看见那个留着黑胡子长着坏牙的男人在他背后对着他咬牙切齿。

"**游戏开始**。"荷官说道，然后两张牌从绿呢桌布上滑到他面前，这块绿呢桌布已经不那么光滑，但是依然结实厚重，感觉能够闷死人，铅灰色的表面就像新建墓地前的草坪。邦德瞟了一眼手中的牌，彩色灯罩下方才还显得绚丽夺目的光线似乎瞬间失去了颜色，他又看了一次。

这可是最坏的情况——一张红桃 K 和一张黑桃 A，黑桃 A 好像一只黑寡妇蜘蛛，斜着眼看着他。

"补一张牌。"他仍然克制着自己的声音，不让它有情绪的波动。

勒·奇弗里看着自己手里两张牌，他是一张 Q，一张黑五。他看了看邦德，然后用粗壮的食指推了另一张牌。整个赌桌上寂静一片。他看着这张牌，然后轻轻弹了一下。荷官用小木铲利索地铲起这张牌放到邦德面前。这是一张好牌，红桃五,但对邦德而言又是一道难题。他手上是六点,勒·奇弗里是五点,但是无论庄家自己得到五还是发给别人五,他肯定还会再补牌,当然只有牌点小于四才管用,否则他就输得一干二净。

之前邦德一直有幸运女神眷顾,但这回轮到勒·奇弗里了,他注视着邦德的双眼,几乎都没有看手中的牌,就把牌翻开了。

邦德最不想看到的数字出现了——一个四,庄家后来居上,九点制胜。

邦德输了,输得一败涂地。

第十二章　致命一击

邦德默不作声，他全身僵硬、心灰意冷地坐着，打开黑色的盒子，拿出一支烟，然后迅速打开打火机的盖子点燃，再把打火机丢回桌上。他深吸一口，然后丝丝地将烟从牙缝里吐出去。

现在该怎么办？避开马西斯、莱特和维斯珀的同情目光回酒店睡觉。等回去后打一个电话给伦敦，然后第二天乘飞机回去，到了那里叫一辆出租车到摄政公园，上楼后沿着走廊走到M板起的面孔前，博得他的怜悯和同情，听他假惺惺地祝你"下次更好运"，谁都知道不会再有下一次了。

他环视了桌子一周，抬头看了看观望的人。没有几个人看他。他们都在等着荷官数钱，然后把筹码整齐地堆放在庄家面前，看看谁最有可能与运气正旺的庄家比试，挑战那三千两百万法郎的巨额赌资。

莱特不见了，估计是不想在邦德出局后与他四目相对。然而，维斯珀却出乎意料地按兵不动，她依然向他微笑以示鼓励。然而，邦德这时才想起，她对赌博一窍不通。大概，她根本无法体会失败的苦楚。

服务员走到栏杆里头，向邦德走来，然后在他身边停了下来，弯下腰，放了一个宽宽的信封在邦德的桌上，这个信封有一本字典那么厚。他说了些有关出纳之类的话便离开了。

邦德的心怦怦乱跳。他将这个厚厚的匿名信封，放到桌子底下，然后用大拇指指甲撕开，发现封口处的胶水还是湿的。

虽然这令人难以置信，但是他摸到了厚厚一沓票据。他把票据塞进口袋，留下了绑在最上面的半页信纸。他在桌下迅速扫了一眼。有一行钢笔字写着："马歇尔接济。三千两百万法郎，感谢美国。"

邦德咽了一口口水，朝维斯珀看了一眼。菲利克斯·莱特又站在了她的身旁。他朝邦德咧嘴一笑，邦德也朝他笑了笑，然后从桌上抬起右手，做了一个表示祝福的小动作。然后，他决定扫除大败的阴霾，彻底忘记几分钟前的那次失败。这是死缓，但也是唯一的机会，再也不会有奇迹了。这一次，他必须赢，假设勒·奇弗里没有赢走他的五千万，假设他还要继续下注！

荷官清点完了份子钱，把邦德的票据换成筹码，在桌子中央垒成了一堆巨大的赌注，足足三万两千英镑。也许邦德在想，勒·奇弗里只需要一把好手气，甚至只要几百万法郎中的一小部分就能达到他的目标了。随后，他就会带着五千万法郎离开赌桌。到了第二天，他的赤字问题就能解决，他的地位也坚不可摧了。

他并没有要离开的迹象，邦德坚信自己一定是高估了勒·奇弗里的资金。

邦德剩下的唯一希望就是立刻干掉他，不是要和庄家共享胜果，也不是取走一部分，而是宰了这头肉猪。唯有这样才能动摇勒·奇弗里。他绝不愿意损失一千万或一千五百万的份额，他绝对不会想到有人会在三千两百万的时候滩庄。他可能根本不知道邦德已经输光了，但是他一定料到邦德手头的资金也所剩无几。他绝对不会知道信封里是什么，如果他知道，他可能就会撤回庄家，重新开始这趟疲倦的过程，再从五十万法郎赌注开始。

这个分析是对的，勒·奇弗里还缺八百万，最后，他点了点头。

"**一把滩庄三千两百万**[①]。"荷官大声说道。桌子周围一阵寂静。

"**一次滩庄三千两百万**。"

该局负责人用响亮、自豪的声音把荷官的话又高喊了一遍，恨不得把隔壁十一点赌桌上的钱都吸引过来。除此以外，这一喊就好比是最佳的宣传。百家乐能达到这样高的赌注，上一次还是发生在一九五〇年的多维尔。和他们针锋相对的勒图凯森林赌场从来没有达到过那么高的赌注。

---

① 粗体部分原文为法语，下同。——编者注

就在这时,邦德身体稍稍向前倾斜,轻轻地说了句:"跟。"

桌子周围顿时议论纷纷。这个消息在赌场里迅速传开。人们挤了进来凑热闹。三千两百万啊!对大多数人而言,他们一辈子也赚不到那么多钱。就算加上他们的储蓄还有全家人的储蓄也到不了。这可是一笔巨款啊。

赌场的一名董事和该局负责人交头接耳了几句。负责人不好意思地对邦德说:"**抱歉先生,请问赌金在哪里?**"

这就表明邦德必须证明他有足够的钱来下注。他们当然知道,他是一个非常有钱的人,可毕竟这是三千两百万呐!有时也会出现穷得身无分文的人走投无路以后最后一搏,然后付不出赌注,只好两手挥挥送进监狱。

"**真的很抱歉,邦德先生。**"负责人笑眯眯地凑了上去。

正当邦德把厚厚一沓票据摆到桌上,荷官忙着清点捆好的一张张万元大钞的时候,他瞥见勒·奇弗里和站在他身后的枪手交换了一个眼神。

他立刻感到有一样很硬的东西抵着他的脊柱底部,从靠垫椅子里对准他屁股的中间。

同时,一个很浑厚的法国南部口音轻声而急促地靠在他右耳朵旁说:"这是一把枪,先生。绝对没有任何声音。它可以悄无声息地把你的脊柱底炸个底朝天。你看上去就好像是晕过去了一样。在我数到十以前撤回你的赌注,我就离开这里,如果你敢喊救命,我就立刻开枪。"

这个声音非常坚定,邦德觉得他会开枪。这些人一看就是为达目的不择手段。这根厚重的拐杖就是最好的证明。邦德知道这种类型的枪是什么样的。枪管里填充了很多软橡胶隔板吸收爆破音,而子弹能够自由穿过。这种发明在二战期间专用于暗杀行动,邦德亲自使用过。

"一。"这个声音说。

邦德转过头,看见一个男人紧紧挨着他,黑胡子下是一张大笑的嘴巴,好像在祝邦德好运,在人群和嘈杂的声音下,他完全掩盖住了自己的意图。

他露出一口脏牙,笑得龇牙咧嘴说:"二。"

邦德看到勒·奇弗里正在注视着他,也在对他身后的男人使眼色。他的嘴微微张开,呼吸急促。他在等邦德向荷官打手势,或者邦德突然尖叫一声向后倒在椅子里,脸上露出痛苦的表情。

"三。"

邦德朝维斯珀和菲利克斯·莱特的方向望去。他们正谈笑风生。两个笨蛋!马西斯在哪儿?他手下的精英在哪儿?

"四。"其他的旁观者在干吗?这群叽叽喳喳的白痴,难道没人发现要发生什么事情吗?负责人、荷官和服务员都在干吗?

"五。"负责人对着邦德笑着鞠了一躬,只要赌注数清楚他就会立刻宣布:"游戏开始。"这时,不管枪手有没有数到十都会开枪。

"六。"

邦德觉得机会到了。他小心地将手移到桌子边缘紧紧抓住，屁股慢慢向后靠，他感到枪体尖锐的准心正对着他的尾骨。

"七。"

负责人转向勒·奇弗里并抬了抬眉毛，等待庄家点头同意游戏开始。

突然，邦德用尽全力向后一拱。他的力气一下子把椅子后背上的横杆弄斜，横杆横穿枪手的手杖，在枪手扣下扳机前，将他手里的手杖掰弯了。

邦德一个跟头，抵在了旁观者的脚边，双脚高举在空中。椅子背咔嚓一声裂成碎片。大家惊慌地叫了起来。旁观者四下散开，恢复平静后又簇拥了过来。有人扶他翻过身来，并帮他掸去灰尘。服务员和负责人也相继匆忙赶来。无论如何，他们都要阻止丑闻的流传。

邦德撑在黄铜栏杆上，困惑而尴尬地看着大家。他捋了捋额头上的头发。

"有点儿犯晕，"他说，"没什么大碍，太激动了，这里太热了。"

大家纷纷对他表示同情。赌注下得那么大，犯晕也是合情合理。先生是想要撤资，还是躺一会儿，还是回家？需不需要我们去喊医生过来？邦德摇了摇头。他现在完全恢复了。他向其他闲家表示抱歉，也向庄家表示抱歉。他的椅子换了一把新的，他又坐了下来。他看着对面的勒·奇弗里。能够活下来，他感到一丝胜利的喜悦,他看到对方那张肥胖而又苍白的脸上露出了惊恐的神色。

大家都在议论纷纷。邦德周围两个人都在弯着身子热切地讨论这里的温度总是太热,时间那么晚了,到处乌烟瘴气,缺乏新鲜空气。

邦德彬彬有礼地回答了他们,而后转过身查看身后的人群。那个枪手不见了踪影,但是服务员在寻找手杖的持有人。看起来手杖没有损坏,但是上面的橡胶手柄没有了。邦德叫来服务员,对他说:"你能不能把手杖给那边的那位先生,"他指了指菲利克斯·莱特,"他会将它归还给主人的,这个是他认识的一个熟人的物品。"服务员鞠了一躬。

邦德只是觉得这样能让莱特知道,他为什么会当众出丑。

他转了回来,敲了敲绿色的台面,表示自己准备好了。

第十三章　爱恨交织

"**本轮继续**[①],"负责人声情并茂地宣布,"**一次滩庄三千两百万**。"

大家都伸长了脖子。勒·奇弗里摊开手敲了敲牌盒,牌盒嘎嘎作响。然后,他忽然想起了什么,于是拿出吸入剂放在鼻子下深吸一口。

"畜生。"坐在邦德左边的杜邦夫人说了句。

邦德再次恢复了清醒。要不是命大,他险些丢了性命。他吓出一身汗,胳肢窝底下湿答答一片。不过,多亏躲过一劫,这让他彻底从失败的痛苦中走了出来。

他出尽洋相,这一局至少延迟了十分钟,这在甚有名望的赌场里还是头一次发生,但是,此时此刻,牌就在牌盒里等待着他,他一定不能辜负众望。他一想到可能会发生的事,心都提起来了。

---

① 粗体部分原文为法语,下同。——编者注

现在已经将近凌晨两点,除了这里围得里三层外三层,还有三张桌子在赌十一点,三张桌子在赌轮盘赌。

而他自己的赌台面前一片沉寂,邦德突然听到外边的荷官说道:"**九点。红色胜出,十八以下的奇数胜出。**"

这难道是他和勒·奇弗里对决的预示?

两张牌慢慢地滑到他面前。

勒·奇弗里就像一个躲在石头下的章鱼,从对面注视着他。

邦德平稳地伸出右手抽出一张牌。是拿到九点让人更加揪心,还是拿到八点让人更加揪心呢?

他用手挡住后翻开这两张牌,一下子激动得连下巴都颤抖了起来,牙齿紧紧咬住,身体僵硬,呈现出一副自我防御的架势。

他拿到两张 Q,红色的 Q。

这两个 Q 在暗处讥笑着他。这是最糟糕的牌,一文不值,是零。百家乐。

"要一张牌。"邦德努力地让声音听起来充满希望。他感到勒·奇弗里的眼睛钻进了他的大脑。

庄家慢慢翻开他的两张牌,他拿了三点——一张 K 和一张黑三。

邦德轻轻地吐出了一团烟圈。他还有机会赢。现在,他真的面临着关键时刻。勒·奇弗里轻拍牌盒,滑出一张牌,这张牌决定了邦德的命运。

他慢慢地翻开——是九，绝妙的红桃九！这张牌在吉卜赛人的魔法里表示"爱之耳语与恨之耳语"，这张牌可以让邦德大获全胜。

荷官把这张牌小心翼翼地推到对面。对勒·奇弗里而言，这张牌毫无用处。邦德可能现在是一点，这样一来他就是十点，也就是零，或者叫百家乐。也有可能是二、三、四甚至五。这样一来，他最大也只不过是四。

现在庄家手里有三点，想得到九点的话必须抽到一张六，这种情况极其罕见，但是想要赢邦德也不难。只是通常情况下，如果拿到了九点，一般人都会亮出自己的点数，而邦德的举动让庄家出了一身冷汗。

邦德把牌放在面前，两张淡粉色的牌面不动声色地躺在桌上，只看得到一张红桃九。对勒·奇弗里而言，九既可能是一个真相也可能充满了各种谎言。

所有的秘密都藏在了两张粉色的牌面之下，而底下是两个正在亲吻桌布的Q。

汗水从庄家尖尖的鼻翼两侧滴了下来，他吐了吐厚厚的舌苔，狡猾地舔了一下留在嘴角边伤口上的汗滴。他看着邦德的手牌，然后看看自己的牌，然后再看看邦德的牌。突然他整个身体耸了耸，然后从牌盒中滑出一张牌给自己。他看着这张牌，所有人再次伸长了脖子。这是一张好牌——一张五。

"**庄家得到了八。**"荷官说道。

看着邦德静静地坐在那里，勒·奇弗里突然龇牙咧嘴地笑了起来，以为自己一定赢了。荷官也几乎不好意思地铲起了桌子对面的那张牌。大家都以为邦德输了。

当两张粉色的牌面翻过身，鲜艳的红桃 Q 在灯光下笑对着大家。

"闲家是……九点。"

大家吓了一跳，大厅里一阵骚动。

邦德的眼睛直勾勾地盯着勒·奇弗里。这个大个子摔在椅背上，好像被红桃打了一拳。他张着嘴，一开一闭，右手摸了摸自己的喉咙，然后又瘫坐在椅背上，嘴唇发灰。

正当一沓厚厚的筹码要转到邦德面前的时候，庄家把手伸向夹克内侧袋，拿出一沓票据扔在桌上。

荷官翻了翻，宣布：**"一次滩庄一千万。"** 然后把等价的十个一百万筹码扔在桌上。

邦德心想，这可能是最后一击，这个人已经无路可走了，他连老本都拿出来了。他现在经历的正是我一小时前经历的状况，这是最后一手，输了就再没有任何援助，也没有奇迹了。

邦德坐在椅子上点燃一根烟。在他身旁的小桌子上有半瓶凯歌香槟，还有一杯已经倒在杯子里的。邦德没有问这酒是谁的，拿起来倒了满满一杯，两口就喝完了。

然后，他双臂缠绕放在桌子上，身体靠在椅背上，像一个摔跤手准备寻找柔术比赛开始的突破口。

左手边的玩家依旧沉默不语。

"滩庄。"他直接对着勒·奇弗里发起攻击。

再一次两张牌发到他的面前,这一次,荷官放到他张开的手臂之间。

邦德弯起右手,迅速向下瞥了一眼,然后把牌翻开放在桌子中间。

"**九**。"荷官说。

勒·奇弗里低下头看着自己的两张黑色的 K。

"**百家乐**。"荷官缓慢地把推挤如山的筹码推到桌子对面。

勒·奇弗里眼睁睁地看着筹码被放到邦德左手边密密麻麻的阴影里,然后,他慢慢站起来,一言不发地从闲家身边擦肩而过,走到栏杆缝隙处。他取下丝绒包裹的链条,让它垂直掉落。旁观者都给他让了一条路。他们好奇地打量着他,害怕至极,好像他带着一股死亡的气息。然后,他从邦德的眼前消失了。

邦德站起身来,拿起身旁的一个十万元筹码丢给负责人作为小费。他没有听完周围人热情洋溢的赞美之声,直接让荷官把他的奖金带到柜台处。其他的闲家也都离开了座位,因为庄家走了,也不能继续下注了。此时已经凌晨两点半,他与左右两边的邻桌相互说了几句溢美之词,然后从栏杆下面钻过去,走到维斯珀和菲利克斯·莱特面前,他们三个人一起走向筹码兑换处。邦德受到赌场主任的邀请,前往他的个人办公室。桌子上堆放着厚积如山的筹码,他把口袋里剩下的筹码和票据也都放了上去,这里总共加起来超过了七千万法郎。

邦德接过菲利克斯·莱特给他的票据,然后拿出一张里昂信贷银行的支票,将剩余的四千多万兑换成现金。大家纷纷向他的成功表示了热烈的祝贺。主任希望他当天晚上能够再去下注，邦德闪烁其词。他走进酒吧，把莱特的钱给他。然后，他们讨论起下注的事，不一会儿一瓶香槟就喝完了。莱特从口袋里拿出一颗点45口径的子弹放在桌上，他说："我把枪交给了马西斯，他表现得和我们看到你跌倒时一样困惑。当那个男人动手的时候，他就站在人群后面。那个枪手轻而易举地就逃脱了。你可以想象，当他们看见枪的时候都吓得半死。马西斯让我把这颗子弹给你，让你看看你逃脱了什么。这颗子弹头做过一个达姆十字形记号，你陷入了一个迷局之中，但是他们不能将此归咎于勒·奇弗里。这个人是独自进来的，他们找到他得到进入许可时填写的表格，发现是伪造的。他能够被允许带着拐杖进来，是因为有战伤抚恤金的证明。显然，这些人是有备而来。他们已经找到他的照片，正在传真给巴黎当局，可能明天早晨就能收到消息。"菲利克斯·莱特又点了一支烟，"无论如何，只要结果是好的就行，虽然过程中遇到了一些艰险，但是，最后时刻你绝对把勒·奇弗里给蒙骗了，这跟我料想的一样。"

邦德微微一笑。"那个信封是我得到过的最美妙的东西。我当时以为自己完了，感觉非常糟，这才是患难之交，有朝一日我会尽我所能偿还这份情谊的。"

说完，他站起身说："我打算回酒店把这个放好，"他拍了拍自己的口袋，"我可不喜欢带着它到处乱跑，勒·奇弗里随时会要了我的命，他可能已经有这个打算了，只有放好了我才能松一口气，你说是不是？"

他转向维斯珀，她从赌博结束后就没有怎么说过话。"睡觉之前我们是否应该到酒吧喝一杯香槟呢？那个地方叫'戈蓝王朝'，穿过公共房间就到了，看起来非常气派。"

"我很乐意，"维斯珀说，"你去把赢来的钱收好，我回去梳妆打扮，到时候就在入口大厅见面。"

"你来吗，菲利克斯？"其实邦德希望自己可以和维斯珀独处一会儿。

莱特似乎看出了他的小九九，于是说："我想在吃早饭前先休息一会儿，今天可累坏了。我料想巴黎那边明天会派我做一些扫尾工作，总有一些细枝末节的东西需要我们去打理，这些你就不用操心了，我和你一起回宾馆吧，然后一起把资金运到港口。"

他们一同走在皎洁的月光下，双手搭在枪上。现在已是凌晨三点，附近还有一些人在走动，赌场的院子里也有一些车停放着。一路上相安无事。到了酒店，莱特坚持要陪邦德走回房间。房间里的模样和邦德六小时前离开时一样。

"没有人来过，"莱特观察一圈说，"但是我不会让他们有机会得逞的。你觉得我是不是应该在这里陪你们俩一宿？"

"你还是去睡觉吧，"邦德说，"不要担心我们，如果我身无分文，他们不会对我有兴趣的，我心里也有了应该如何对付他们的主意。感谢你为我做的一切，我希望有朝一日能和你再度合作。"

"正合我意，"莱特说，"不过你得在关键时刻抽到牌九，还得带着维斯珀一起来。"他半开玩笑地说,然后走了出去,关上了门。

邦德转过身回到房间温暖的怀抱。毕竟赌场周围人群围得水泄不通,三个小时以来一直保持神经紧绷,他非常珍惜独自静处的这段时间,迫不及待地换上床上的睡衣,再用梳妆台上的梳子捋一捋头发。他走进浴室,用冷水冲过脸,猛喝一口漱口水用力漱口。他感到头部后面以及右侧肩膀都有瘀青。一想到自己在一天内两次死里逃生,他就暗自庆幸。他会不会需要整晚坐在那里,等着他们返回,或者勒·奇弗里现在正在前往勒阿弗尔或者波尔多,准备找一艘船逃到一个能够躲避锄奸局杀害的地方呢?

邦德耸了耸肩,这一天已经够折腾了。他向镜子里凝视许久,回想着维斯珀的话。他好想得到她那冰冷高傲的身体。他想看到她那双深邃的蓝眼睛里流出的泪水和深藏的欲望,把她黑发上的发圈攥在手里,将她扑倒在自己的怀里。邦德眯起了眼睛,镜子里的他一副饥肠辘辘的样子看着自己。

他转过身,拿出口袋里的四千万法郎支票,折得非常小,然后打开门,四下里看看走廊里的动静。随后他把门开得很大,歪着脑袋听外面的脚步声和电梯的声音,手里拿着一把很小的螺丝刀准备开始工作。

五分钟过后,他再次检查了一下自己的活儿,又放了几支香烟到盒子里,关门上锁,然后沿着走廊走下楼去,穿过大厅,走进了夜色之中。

第十四章　玫瑰人生

戈蓝王朝的入口是一个七英尺大的金色画框，也许曾用来装裱欧洲显贵们的巨幅肖像。四周拐角处是轮盘赌和掷球专区，只有那里几张桌子还在忙忙碌碌。当邦德挽着维斯珀的手臂，带着她穿过镀金的阶梯时，他努力抑制住自己从筹码兑换处借钱的冲动，恨不得到最近的一张赌桌上一掷千金。但是他知道，如果头脑一时发热就会轻易葬送赢得的资本。不论输赢，结果都会惨不忍睹，白白浪费之前的好运。

走进酒吧，里面又小又黑，烛台上几根蜡烛散发着微光，从墙上的镜子里折射在一道道金色的画框上。墙上铺着深红色的缎面，凳子和长椅上搭配着相称的红色毛绒。远处有一个三重奏乐队，包含了一架钢琴、一把电吉他和一只鼓，正演奏着《玫瑰人生》，传递出不言而喻的甜蜜。诱惑流淌在震动的空气中，邦德觉得每一对搭档都在桌子底下打得火热。

他们在门旁的角落里坐下后，邦德点了一瓶凯歌皇牌香槟还有培根炒蛋。他们坐在那里静静听着音乐，突然，邦德转向维斯珀说:"完成任务后能和你一起坐在这里真是妙不可言。这对这一天来说是一个完美的结局,也算是奖励。"

他以为维斯珀会对他报以微笑,不料她却冷冷淡淡地说了一句:"谁说不是呢?"她一只手手背托着下巴支在桌上,看起来好像专注于听音乐,但是,邦德注意到她的指关节发白,这表明她的手刚刚是紧攥着的。而她右手夹着邦德给她的香烟,好像画家拿着一支彩色铅笔。尽管她抽烟的姿势镇定自若,但是香烟都已燃尽,她依旧在向烟灰缸里掸烟灰。

邦德之所以注意到这些细节,是因为他感到自己被她牢牢吸引,全身流动着暖意和轻松惬意,他想让她感同身受。但是他明白,她是出于自我保护的意识才会对他若即若离,况且早上他对她那么冷漠,她可能还耿耿于怀。

不过他很耐心,他一边喝着香槟,一边谈论白天发生的事:对马西斯和莱特的看法,还有勒·奇弗里的下场。他的一言一行都非常谨慎,凡是涉及工作的话题,内容都仅仅局限于她在伦敦听到过的那些。

她敷衍地回应着他,说他们已经认出两个枪手,但是,当手持拐杖的那个人走到邦德身后的时候,谁也没有多想,他们根本无法想象有人能在赌场里动手。邦德和莱特刚动身去酒店,她就打电话给巴黎的M,告诉他最后的结局。她必须将这件事情和盘托出,汇报完后,对方一言未发地挂断了电话。M要求她随时向他传达信息。不论结果如何,她都要向他汇报。

说完,她小嘬一口香槟,看都没有看邦德一眼,也没有流露出一丝笑容，邦德心里有些落空。他喝了很多酒，喝完一瓶后又点了一瓶。炒蛋上来后，他们一言不发地吃着盘子里的东西。

四点时分，邦德正准备埋单，餐厅领班出现在餐桌前，有事询问林德小姐。他递给她一张纸条，拿到纸条后，她匆忙读了起来。

"哦，是马西斯，"她说，"他问我能否去一趟大厅，他有消息要转告你，可能没穿晚礼服。我失陪一下，等我回来后我们就可以走了。"

说完，她勉强一笑。"恐怕我今晚不能陪你了，今天让人身心俱疲，真的很抱歉。"

邦德礼节性地回应了她，然后起身说道："我来埋单。"随后看着她离开。

他坐在椅子上点了一根烟，感到十分平静。他突然意识到自己十分疲惫，密不透风的房间让他非常难受，就像先前在赌场里的氛围一样。他又喝了一口香槟，然后叫来服务员埋单。最后一口尝起来有些苦涩，正如很多酒第一口尝起来那样，他更想看到马西斯那张乐呵呵的脸，或者听到一些消息，即使是祝贺之词也是好的。

猛然间，他觉得纸条一事有些蹊跷，马西斯做事风格可不是这样的。他会邀请两个人一同到赌场的酒吧，或者加入他们俩人的队伍当中，可不会理会着装问题。此刻马西斯应该激动不已，有很多内幕要告诉邦德，而邦德则负责当听众，了解逮捕保加利亚人的来龙去脉，如何追逐带手杖的人以及邦德离开赌场后，勒·奇弗里做了些什么。

邦德感到不对劲，匆忙埋了单，找零也不要了。他赶紧离开桌子，迅速穿过走廊，根本没有理会餐厅领班和门卫，三步并作两步穿过游憩场所，仔细打量着入口大厅，一边咒骂着，一边加快了脚下的步伐。在衣物寄存处，他看到一两个服务员，另外还有两三个身着晚礼服的男女取他们的物件。没有维斯珀的身影，也没有马西斯的身影。

他几乎跑了起来。他跑到门口，边跑边仔细地寻找，包括几辆停泊的汽车。门卫来到他身边问他："需要出租车吗，先生？"邦德示意他退到一边，继续寻找。他凝视着夜色，太阳穴周围出了汗，感到暮色的凉意。

他突然听到一声微弱的叫声，这时，他已经走到半途当中，只听见砰的一记摔门声从右边传来。随即而来的是排气管发出的刺耳的隆隆声以及车辆启动的声音，一辆雪铁龙在夜色中嗖的一下窜了出去，前轮胎在前庭松散的石子上打滑。车尾的软弹簧在轻微晃动，好像后座上有人在剧烈抗争。

一声巨响后，车子在一片碎石上驶出了宽阔的入口大门。一个很小的黑色物件被扔出后窗，扑腾一声掉进了花坛里。轮胎突然在大道上向左一个急转弯，只听到橡胶尖锐的摩擦声，雪铁龙的排气管在换挡时发出震耳欲聋的声响，接着车子一下子向沿海公路的方向沿着两边的商店开了出去，轰鸣声变得越来越弱。

邦德知道自己必须找到维斯珀扔在花丛中的手袋。他穿过碎石路跑回去，借着台阶旁明亮的灯光，寻找自己要的东西，门卫在他身边走来走去。

在这个再寻常不过的女士手袋里，一张皱成一团的纸条上写着：能否来大厅门口一趟？有消息带给你的同伴。——雷内·马西斯

第十五章　猫鼠游戏

这真是最拙劣的伪造。

邦德赶紧跳上宾利车，祈祷酒后驾车不要出现事故。阻风门完全打开后，引擎一下子发动起来，刹那间巨响吞噬了门卫的声音，后轮抽起石子刮到他的裤腿管上，他跳向一旁躲开。

当宾利车从大门左边晃出去时，邦德真希望那台低底盘、前轮驱动的雪铁龙汽车是自己的。他迅速换挡，赶紧追了上去。当大道两边传来巨大的回声时，有那么一刹那，他有些忘我。

很快，他开上了沿海公路，宽阔的高速公路穿过沙丘，他早上刚从那里经过，知道路面非常平整，而且弯道的视野良好。他不停地加速，开上了八十甚至九十码，巨大的前照灯在两边的夜色中照射出一条安全的白色路线，几乎有半英里宽。

他知道雪铁龙一定会经过这条路。他听到前车的排气声穿透了城镇，弯道上还留着一些灰尘，他希望尽快捕捉到前车的浮光掠影。夜色寂静而纯澈，海上泛起一层薄薄的雾霭，他时不时地听见雾笛低沉的鸣声沿着公路传来，仿佛来自一头强壮的公牛。

他不停地加速穿梭于夜色之中，心生埋怨：为何 M 派来了维斯珀？真是怕什么来什么，这些絮絮叨叨的女人以为自己能够像男人一样独当一面，怎么就不能待在家里相夫教子，安于现状，偏偏要来掺和男人的工作。好不容易圆满完成任务，接着就发生了这档子事，维斯珀竟然会相信这种圈套，害得自己也落入敌手，而她就像漫画书里该死的女主人公一样被囚禁起来，孺子不可教也。

身处困境的邦德此时火冒三丈。他明白这件事的最终目的无非是交换，拿四千万支票换她，他是绝对不会那么做的。她在特勤局工作，知道自己面临着什么样的危险。他根本不需要问过 M 就知道，完成这项任务比她的生命更加重要。这可太糟糕了，她是个好女孩儿，但是他不会为了她去犯低级错误，根本没有必要。他可以试着赶上"雪铁龙"，然后把他们击毙，如果在枪林弹雨中误伤了她，那也只能听天由命。他应该在他们把她藏起来之前救她出来，但是如果他没能赶上敌人，那么他就打道回府，蒙头大睡，将这件事抛诸脑后，第二天一早再向马西斯了解她的情况，并且把字条给他看。如果勒·奇弗里的目的是要邦德拿钱换维斯珀，那么他就会装作什么都不知道，维斯珀不得不听天由命。如果他们从门卫那里知道了当晚两人共进晚餐的情况，那么他只能佯装自己醉倒并与女孩发生了争执。

他驾车在沿海公路上风驰电掣般行驶着，心中怒火翻腾，不停地思索着解决问题的办法，同时小心避让着路旁的闲杂人等。阿默斯特·维利尔斯的超强增压器将二十五匹的马力装进宾利车，引擎的声音犹如刺耳的尖叫划破夜空，车子的转速已超过一百一十码，速度表上显示达到了一百二十码。

他知道自己必须分秒必争。只要有维斯珀在后面，即使行驶在这样平坦的路面上，"雪铁龙"的速度也不会超过八十码。他突然一下子关闭了两个前照灯，打开了雾灯，把车速降到七十码。他要确保不会被自己的车灯照得看不见路，这样如果另一辆车出现，他在一英里或两英里之外就能发现它。

他摸了摸仪表盘下面，从藏在其中的枪套里拿出一把点45口径的柯尔特长柄手枪放在右边的座位上。之后，只要路面一如既往的平整，他就能够轻轻松松把速度提到一百码。然后，他再一次调整了巨大的灯光，车子呼啸向前方追去。他感到自在平静。维斯珀的生命已经不再是一个问题。他的脸在仪表盘蓝色灯光的映照下显得冷峻而又安详。

*

前面的雪铁龙里是一女三男四个人。勒·奇弗里开着车，他那肥胖的身躯向前隆起，双手轻轻地搭在方向盘上。身旁坐着的就是那个在赌场里拿着一根手杖的矮胖男人。此时，他抓住身旁的一个粗粗的手柄——这手柄从他身体左侧突出，与地面水平，可能是用来调节驾驶座位的。后座上坐着一个瘦瘦的高个子枪手。他向后躺着,惬意地盯着天花板,显然对疯狂的车速毫不在意。他用右手色眯眯地抚摸着维斯珀裸露的左腿。

维斯珀好像一个包裹,从大腿到臀部都没有衣物遮蔽。她长长的黑色丝绒短裙被掀起到与手臂和头一般的高度,在头的后面打了一个结,脸部位置被撕开一条口子,好让她呼吸。她没有被其他东西束缚,只是静静地平躺着,她的身体随着车子的摇晃笨拙地晃动着。

勒·奇弗里的注意力一半集中在前面的路上,另一半集中在后视镜中穷追不舍的邦德的宾利车上。他似乎对距自己只有一英里之遥的追逐者不甚在意,甚至将车速从八十码降到了六十码。现在,当准备开过弯道时,他又把速度降低了。几百码之外的米其林标杆表明前面的高速公路上有一个狭窄的路口。

"注意。"他对身旁的男人高声提醒道。那个男人的手握紧了手柄。距离路口几百码的时候,他把速度降低到三十码。勒·奇弗里发现后视镜里邦德的前照灯照亮了整个弯道。他看起来做了一个决定。

"**准备**[①]。"

后面那个男人猛地把手柄往上一拉,车子的后备厢像鲸鱼一样张大嘴巴,只听到路上发出了叮叮当当的声音,中间还夹杂着刺耳的声响,好像车子后面拖了一长串链条。

---

① 粗体部分原文为法语,下同。——编者注

"动手。"

男人猛地压低手柄,咔嗒一声,声音停止了。

勒·奇弗里又从后视镜里瞄了一眼,只见邦德的车正开入弯道。勒·奇弗里改变了路线,雪铁龙沿着左手边狭窄的边路驶去,同时关闭了车灯。

随后,勒·奇弗里突然停下车,三个男人迅速走出车外,在矮树丛的掩护下原路返回交叉路口,那里现在已暴露在宾利车的灯光之下。他们每个人手里都握着一把左轮手枪,那个瘦瘦的男人右手还拿着一个像巨大的黑色鸡蛋一样的东西。

宾利车朝他们呼啸而去,恰如一列特快列车。

第十六章　惊魂未定

当车子急速驶过弯道的时候，邦德的身体和双手随之轻轻一甩，车身抵着弯道画出一条弧线。两辆车距越来越近，他在想下一步应该怎么做。他猜想敌人的车子会趁机躲进一旁的小路，所以，他驶入弯道时，前面并没有车子的灯光，这样一来，他便可放心加速，等看见米其林标杆的时候再刹车也不迟。

他穿过右边弯道，接近一片黑色区域的时候只有六十码的速度，他以为这片阴影是路边的大树造成的。即便如此，他也无处可逃。突然之间，他看见车底下有一条金光闪闪、钢钉做的地毯，还没等他反应过来，宾利车就压了上去。

邦德下意识地猛踩刹车，用尽全力朝另外一边打方向盘，试图阻止车向左打滑，可是，不一会儿，车子就彻底失控了。右轮胎的橡胶脱落，刹那间车轮的外圈被柏油马路磨得粉碎，整辆车在干燥的路面上不停地打滑，车身重重地向左侧翻倒，把邦德甩出了驾驶座，然后车子翻得底朝天，一点点翘起了车头，只见车子的前轮不停打转，探照灯的灯光直直划破夜空。当车身全都压在油箱上的时候，好像一只巨大的螳螂指着天空。然后，车子一点儿一点儿向后翻倒，发出支离破碎的声音。

在一片鸦雀无声之中，左轮胎吱吱作响了几声，随后停了下来。

勒·奇弗里和他的两个手下从埋伏的地方走了出来，没走几步就来到了邦德跟前。

"把你们的枪收起来，先把他拖出来，"他粗暴地命令手下，"我会掩护你，要小心对付他，我可不要一具尸体，动作要快，天就要亮了。"

这两个人俯身向前靠拢，其中一人拿出一把长刀，从折叠车篷一侧切开一个口子，抓住邦德的肩膀。他已完全失去意识，一动不动。另外一个人抵在翻掉的车身和弯道之间，努力打破车窗开出一条路来。他轻轻挪动邦德抵在方向盘和顶篷之间的双腿，然后，一点儿一点儿把他从顶篷的切口拉了出来。

把他拖出来的时候，他们已经大汗淋漓，满身油渍。那个瘦瘦的男人想看看邦德是否还活着，便用力扇了他一个巴掌。邦德咕噜一声，一只手动弹了一下，于是那个男人又扇了他一巴掌。

"够了，"勒·奇弗里说，"把他手捆起来，拖到车里去，拿着，"说着，他把一捆电线扔给那个男人，"先搜他的口袋，把他的枪给我。他可能还有其他武器，一会儿我们再来搜。"

他拿着瘦子给他的东西，塞进邦德嘴里，然后把邦德的贝瑞塔手枪直接放进自己的大口袋里，都没检查一下。随后他把瘦子留在那儿，自己不动声色地走回了车里。

他十分用力地把电线缠绕在邦德手腕上，邦德疼得惊醒了过来。他全身疼痛，好像被木棍猛揍了一顿，好在他被推搡着走进一条狭长的小路时，发现自己没有骨折还能走路。此时，一旁的"雪铁龙"已经开始缓慢发动，他并没有逃跑的念头，任由他们把自己拖进后座。

他心灰意冷，毫无斗志，身体一点儿力气都没有。过去二十四小时里发生了太多事情，敌人的最后一击仿佛是最后一根稻草把他彻底压垮。这一次，不会再有奇迹发生。天亮之前，没人知道他在这里，也没有人会想起他。人们要很久以后才能发现宾利车的残骸，他们不花上好几个小时是无法找到失主的。

对了，还有维斯珀。他看了看右边，那个瘦子紧闭双眼仰面躺着。邦德朝他身后望去，看见维斯珀像个小鸡一样被捆起来，裙子被翻到头上，好像一块宿舍里用的抹布。邦德看了觉得她真是一个花瓶，但随即又想帮她，她裸露的双腿像少女般敞开。

"维斯珀。"他轻声地说。

角落里并没有传来回答，邦德冷不丁打了一个冷战，但是她轻微地动了几下。

与此同时，瘦子对着邦德的心脏下了一记狠手："安静。"

邦德忍着疼痛蜷缩起身体,以免再次挨打,结果颈背又挨了一拳,他痛得咬牙切齿,整个身体又朝后面翻了过去。

瘦子再次出击。显然,他非常专业,出拳准确无误,力度足以取人性命。邦德又一次被打翻过去。此人如同禽兽,最好不要招惹他。邦德但愿能抓住机会把他杀掉。

突然,车子后备箱崩开了,只听到叮叮当当的碎落声。邦德猜想他们一直在等第三个人把这些铁索链条都收回去。这可能是用从前对付德国指挥车的专用设备改造的,上面布满铁钉。

他想起这些人的办事效率,还有他们在各种设备上花费的心思,难道M低估了他们?他努力抑制怒火,不将责任归咎于伦敦当局。他应该提前知晓情况,他应该注意到这些细微的迹象,采取更多的预防措施。他一想到自己在戈蓝王朝大口喝着香槟,而敌人却在紧锣密鼓地筹备反击,就悔不当初。他责怪自己过于狂妄,以为仗已经打完了,敌人落荒而逃,自己取得了胜利。

从头至尾勒·奇弗里一言未发。后备箱"啪"的一声被关上了,第三个人爬了进来坐在他身旁,邦德立马就认出了这个人。勒·奇弗里疯狂地掉过车头,开上大道,然后猛烈换挡,把车速一下加到七十码。

此时正值黎明破晓时分,邦德猜想大概是凌晨五点,估计再过一两公里就到勒·奇弗里的别墅了。他一直以为他们不会把维斯珀带到那里,现在他才发现维斯珀只不过是为了他们捞大鱼而放下的小鱼——完完全全是个诱饵。

这是不祥之兆,邦德突然害怕起来,被捕以后他突然有了这种感觉,凉意爬上了他的脊背。

十分钟后"雪铁龙"突然歪向左边,以一百码的速度冲上一条杂草丛生的狭窄边路,路两边是破败的泥灰砌成的支柱。进去之后,里面是一个高墙围绕、无人打理的前庭。他们在一扇斑斑驳驳的白色大门前停下了车。门上有一个生锈的门铃,上面用镀锌的木质字母写着"夜行者",下面写着"请按铃"。

邦德从水泥做的外墙判断这个别墅是典型的法国海滨风格。他想到,为了在夏天把房子租出去,皇城的房产商一定会请清洁女工把凋谢的矢车菊清理干净,并且迅速地给气味难闻的房间通风换气。每隔五年,他们都会用白色油漆重新粉刷里面的房间和外面的木质建筑,这样整座别墅就能够在短短几星期里呈现给世界一个崭新的面貌。春去秋来,动物昼伏夜出,不多久别墅又变成一副废弃的模样。

如果猜得没错,这样一来正合了勒·奇弗里的心意。邦德被捕以来,一路上都没有路过别的房子,从他之前侦察的结果来看,这附近至少要往南走上好几公里才可能遇到一个农场。

那个瘦子用手肘对着他的肋骨重击一拳把他打出车外,他知道勒·奇弗里会亲手折磨他们的,一遍又一遍,一想到这里,他便起了一身鸡皮疙瘩。

勒·奇弗里拿出一把钥匙开门,随即消失得无影无踪。维斯珀在晨光下看起来非常不雅观,她被这几个下流的法国人——邦德知道他们是科西嘉岛来的——推了进去。邦德在那个瘦子催他之前,赶紧跟了上去。

正门打开后,勒·奇弗里站在门廊的右边,伸出细长的手指朝邦德勾了勾,让他过来。

维斯珀被径直带到屋子的后面去了。邦德突然决定做一件事。他朝瘦子的胫部向后用力一踹,只听到他疼得叫喊了一声,邦德赶紧向维斯珀的方向跑去。他只有双脚可以当作武器,对待两个枪手他能造成最大的伤害也不过如此,这样他才能有机会和女孩儿说几句话。已经没有其他办法了,他只想告诉她不要向他们轻易低头。

这时,科西嘉岛人闻讯赶来,邦德注视着他,伸出右脚一个飞踢,狠狠踢中他的腹股沟。科西嘉岛人瞬间被甩了出去,撞在走廊的墙上。邦德正准备朝他屁股上再来一脚,没想到他故意伸出左手,一下抓住邦德的鞋尖,用力一扭,邦德被甩了起来,整个人完全失去重心,在半空中侧翻了过来,重重砸倒在地上。

他不省人事地倒在地上,过了好一会儿,那个瘦个子朝他走去,拽起他的衣领把他用力按在墙上。他手里拿着枪,不怀好意地打量着邦德,然后,不紧不慢地弯下腰,抽出枪杆,对着邦德的胫骨猛抽。邦德咕噜一声,跪倒在地。

"你再敢试一试,下次直接打碎你的牙齿。"瘦子用蹩脚的法语对他说。

科西嘉岛人带着维斯珀,把门"砰"的一声关上。邦德把头转向右边，看见勒·奇弗里又向走廊移动了几英尺。他举起手，又勾了勾手指，然后开口说了第一句话："来吧，我亲爱的朋友，我们在浪费时间。"

他的英语没有丝毫口音，声音低沉缓和，不紧不慢，冷酷无情，仿佛一个医生在等待室里传唤下一个病人，而这个歇斯底里的病人已经被护士训斥得软弱无力。

邦德再一次感到自己孤立无援。除非是柔术专家，不然，没有人能够应付这个科西嘉岛人简洁冷静的动作。而那个瘦子行事也是准确无误，就冲着他打在邦德身上的那一下不仅张弛有度，而且还具有观赏性。

邦德乖乖地回到走廊。他的身上一无所有，只有几处伤痕兀自展示着他抵抗这些人时有多么笨拙，他跟着那个瘦个子男人走过门槛时，清楚意识到自己毫无藏身之地。

第十七章　无处可逃

他被带进一间空空荡荡的大屋子，里面零零散散地摆着几件家具，廉价新潮的法式艺术派风格。很难看出这间屋子到底是客厅还是餐厅。打开门后可以看到里面的餐具柜里有橙色的碎纹陶器水果盘，还有两个上了漆的木质烛台，这个餐具柜占据了门前的整面墙，与房间另一边的粉色沙发形成鲜明反差。

借助雪白的灯光可以看见屋子中央没有桌子，只有一块斑斑驳驳的小方毯，迥异的咖啡色图案给它带来一种未来派的设计感。窗户边上是一张看起来十分不协调的帝王宝座，用橡木雕成，还有一个红丝绒坐垫，前面有一张低矮的桌子，上面放着一个空置的玻璃水瓶和两个玻璃杯，旁边还有一张扶椅和圆形藤椅，上面没有靠垫。半遮蔽的百叶窗挡住了窗外的景色，透露出一点晨曦，洒落在家具上，投射在明晃晃的墙纸上以及棕色地毯上。

勒·奇弗里指了指藤椅，对那个瘦个子男人说："用这个就够了，让他赶紧上来，如果反抗就揍。"

他转向邦德，脸上毫无表情，眼神冷漠至极。"把衣服脱下来！只要反抗一下，巴兹尔就会折断你一根手指头。我们说到做到，你身体好不好我们根本管不着，你是死是活也要看我们谈话的结果。"

他朝着瘦个子男人做了一个手势，然后就离开了。

瘦个子男人的举动非常奇怪，他打开了一把折叠式的弹簧刀，之前他就在邦德的车盖上用过，然后拿起小的扶椅，迅速切下藤条。然后他走到邦德面前，把打开的刀片像自来水笔一样塞进外套的背心口袋里。他把邦德朝着灯光转过来，然后松开他弯曲的手腕。他迅速站到一边，拿出刀说："快点儿。"

邦德站在一边，摩擦着自己肿大的手腕，心里想如果抵抗的话大约可以拖延多少时间。他只犹豫了片刻，那个瘦个子男人便迅速迈开步，用空闲的一只手向下一伸，一把抓住他礼服的领口向下拽，像警察抓捕犯人一样压着邦德。邦德单膝跪地，双手向后弯曲，动弹不得。他想起身反抗，不料瘦个子男人顺势抽出口袋里的刀，抵在邦德的背上，紧贴着他的脊梁骨。"嘶嘶"两声，邦德的衣服被尖锐的刀片划成两半，他突然感到手臂上没有了束缚。

他咒骂着站了起来。那个瘦个子重新又回到了先前的位置，手上拿起了那把刀子。邦德把坏掉的礼服从手臂上抖落下来。

"来吧。"这个男人有些不耐烦地说。邦德看着他的眼睛，缓慢脱下自己的衬衫。

勒·奇弗里悄悄走到房间后面，端着一杯咖啡，放在窗户一边的小桌子上。旁边还放着两样家常用品，一条三英尺长的藤鞭和一把切肉餐刀。

他悠然自得地坐在宝座里，倒了一些咖啡在玻璃杯中，一条腿勾在小小的扶椅上，把它正对着自己，这把椅子的座位现在已经变成空空的木架子。

邦德一丝不挂地站在房间中央，白色的皮肤上显现出发紫的瘀伤，他面如槁色，筋疲力尽，知道大祸临头。

"坐下。"勒·奇弗里朝着他面前的椅子点了点头。

邦德走过去坐了下来。那个男人拿了绷带过来，把邦德的手腕绑在椅子的扶手上，再把他的膝盖绑在椅子前腿上。他在邦德胸前还有胳肢窝底下绕着椅背缠了两圈，打结打得死死的，丝毫没有逃脱的可能性。每一层绷带都深深地嵌入了邦德的肉体。椅子的腿分得很开，邦德根本无法动弹。他现在完完全全成了一名犯人，一丝不挂且手无寸铁。他的下半身透过椅子中间的空心部分裸露在外。

勒·奇弗里朝瘦个子点了点头，然后他一声不吭地迅速离开房间，关上了门。

桌上有一包高卢牌香烟和一只打火机，勒·奇弗里点燃其中一支，然后咽了一大口咖啡。他拿起藤鞭，把手柄放在膝盖上，让平坦的三穗形鞭梢垂在邦德椅子底下。他仔细地打量着邦德，眼神里甚至有些爱怜，然后放在膝盖上的手腕突然向上发力，结果发生了令人发指的一幕。邦德的头猛然向后一仰，脖子上肌肉紧绷，整个身体像抽筋一样弯了起来，脸上的肌肉收缩起来，发出撕心裂肺的尖叫，他疼得连嘴唇都合不拢。那一刻，他浑身的肌肉都像抽筋一般，手指和脚趾紧紧蜷曲直到变得惨白。随后他的身体垂了下来，发出低沉的呻吟，全身的汗滴不停向外冒。

勒·奇弗里等着他张开眼睛，然后说："你看到了吗，亲爱的？"他一边得意地笑着，一边问邦德，"你现在明白眼前的状况了吗？"

汗珠从邦德的下巴低落到裸露的胸膛上。

"现在，让我们谈谈正事，看看我们多久才能解决你做的好事。"他愉快地吐着烟圈，用他手里的刑具拍了拍邦德座位底下的地板，以示警告。

"亲爱的，"勒·奇弗里像父亲一样说道，"搏命的游戏结束了，结束了你懂吗？你一不小心卷入了一场成年人的游戏，你会发现这是个痛苦的经历。你还没有参加游戏的资格呢，我亲爱的，你伦敦的奶奶派你拿着水桶和铲子来这里可是一个愚蠢至极的做法，这下你可惨了。

"但是我们不能再开玩笑了，我亲爱的，虽然我确定你非常希望与我一起完成这个可笑的警示寓言，看看最后会发生什么。"他突然严肃起来，恶狠狠地看着邦德，问道："钱在哪里？"邦德两眼充血，面无惧色地看着他。他再一次手腕发力，让邦德的身体再一次抽筋般地扭曲起来。

勒·奇弗里等着受尽折磨的人缓过神来，看着他慢慢抬起眼皮，对他说："也许，我应该解释一下，我打算继续对着你的敏感部位下手，直到你回答我的问题。我可不会心慈手软，下手一定会很重。眼下不可能会有人在最后关头救你一命，也不可能有让你逃脱的机会。这可不是什么浪漫的冒险故事，最后恶人落入法网，英雄抱得美人归。很可惜，这些都不会发生在现实生活中。如果你还这么不知好歹，你会被酷刑折磨到发疯，然后我们把女孩带进来，在你面前对她下手。如果你还嫌不够，那么你们两个都会死得很痛苦，我呢就只好把你们的尸骨丢在这里，然后回到他乡的安乐窝。我在那里可以有一份体面的工作，安度我的晚年，和我的子孙后代共度天伦之乐。所以亲爱的，你要知道我是不容许有任何差错的。希望你把钱交出来，越多越好。如果不交，剩下的事我就不管了，直接打道回府。"

他停顿了一下，手腕轻轻地从膝盖上提了起来。藤条刚碰到邦德，邦德就疼得直冒汗。

"不过，亲爱的，你现在只能祈祷我不要让你受太多皮肉之苦，留你一条小命。除此之外，你已经无计可施了，门儿都没有，清楚了吗？"

邦德闭起双眼，等待着痛苦袭来。他知道酷刑之初是最难熬过去的，之后就会像抛物线一样慢慢减弱，然后再上升。疼痛渐渐加强，达到最高点，然后人的神经就迟钝了，反应逐步减少，直到失去意识然后死亡。他能做的就是祈祷最高点的到来，祈祷自己能够忍住，然后迎来疼痛的惯性，直到最后昏厥。

邦德以前有一位同事经历了德国人和日本人的酷刑,他说最后整个人会感到一阵愉悦的温暖和疲惫,然后到达一种新的境界,痛苦变成了享受,对施虐者的憎恨与害怕变成了一种迷恋。他知道这是对意志力最高境界的考验,要避免被打成这种痴呆的样子。一旦变成那样,你就不知道他们是会立刻杀了你,以免浪费力气,还是会让你已经到达疼痛抛物线另一侧的神经充分恢复过来,然后他们再重新开始。

邦德抬了抬眼皮。勒·奇弗里像响尾蛇一样一直等待着这一刻,然后藤鞭又在地面上一跃而起。一下又一下,邦德不停地尖叫,他的身体就像木偶一样嘎嘎作响。

每当邦德抽搐的样子有所迟缓,勒·奇弗里就会停下手来。他坐在那里,喝着咖啡,微微皱着眉头,好像外科医生在一场困难的手术中观察着病人的心电图。只要邦德一眨眼睛要睁开,他就再次鞭打他,不过这一次再也没那么耐心了。

"我们知道钱就在你的房间里,"他说,"你把四千万写在了一张支票上,我知道你回宾馆把它藏好了。"

邦德有一段时间感到特别奇怪,他是如何知晓得那么清楚的?

"你直接去了夜总会,"勒·奇弗里继续说,"我手下四个人都搜过你的房间。"

芒茨夫妇肯定从中作梗,邦德心想。

"我们在一些小儿科的地方找到了很多东西。比如马桶的浮球活栓下面藏着一本密码本，抽屉背面粘着一些票据。所有的家具都被我们绞得粉碎，你的衣服还有窗帘铺盖全都被撕得粉碎。我们搜遍了房间里的每一个角落，所有的装置都被我们拆了，最后还是没有找到支票，你可是大难临头了。如果我们找到支票，你现在就会舒舒服服地睡在床上，可能一旁躺着美丽的林德小姐，而不会像现在这样。"他又狠狠地抽了一鞭子。

在一片腥风血雨中，邦德想起了维斯珀。他可以想象到，她受到了两个枪手怎样的凌辱。他们会占尽她的便宜，然后再把她交给勒·奇弗里。他想到那个科西嘉岛人肥厚而又湿答答的嘴唇，还有那个动作缓慢残暴无比的瘦个子男人。可怜她受到了连累，可怜的人。

勒·奇弗里又开口了："酷刑是很可怕的，"他边说边轻轻弹了弹烟灰，"不过，对施虐者而言，这事很好办，尤其当被虐的人……"他停下笑了笑，"还是一个男的。亲爱的，你看，如果对方是一个男人的话，就没必要那么讲究了。用这个刑具就可以了，或者换别的，只要一样就足够你受得了。不要相信小说或者书里描绘的战争。没有什么是更糟糕的事情。不仅仅你现在感到痛不欲生，你的男子气概也会慢慢地被摧毁，如果你再不认输，那么你就不再是一个男人了。

"亲爱的，想想就可怕，身体和心理都受到了一连串的创伤，最后一刻你还要求着我不要杀了你。如果你现在告诉我钱藏在哪里了，这一切都不会发生。"

他倒了一点儿咖啡在杯子里，然后一饮而尽，嘴角残留了几滴。

邦德的嘴唇直哆嗦,他试着开口,最后用尽全力喊出一声:"喝吧。"说罢,他伸出舌头舔了舔干燥的嘴唇。

"当然,亲爱的,你看我太欠虑了。"勒·奇弗里又倒了些咖啡在另外一个杯子里。邦德椅子周围一圈都是汗滴。"我们必须保证你的舌头是湿润的。"

他把藤鞭的把手放在地板上两条粗壮的腿的中间,然后从椅子上站了起来。他走到邦德身后,一手抓起邦德湿透的头发,猛地向后一弯,然后把咖啡一小口一小口地给邦德灌下去。然后,他放开他的头,任由它垂落到胸前。他又回到椅子上,捡起地上的藤鞭。

邦德抬起头,沙哑地说:"钱不会让你有什么好下场的,"他的声音听起来像费尽力气地嘶喊,"警察会跟踪到你。"

他费尽力气刚说完,头就耷拉了下去。其实他没有伤到那么严重的程度,他只是为了表现得夸张一点儿,为自己争取时间,以拖延一次又一次的鞭笞。

"噢,亲爱的,我忘了告诉你,"勒·奇弗里诡异地一笑,"我们在赌场比赛结束之后见了一面,你非常好斗,答应以我们所有的财产为赌注,再比试一次。这真是壮举,十足的英国绅士。

"不幸的是你输了,你一气之下决定立即离开皇城,前往一个不知名的目的地。作为一个绅士,你慷慨地给了我一张纸条,解释了所发生的事情原委,这样我就可以轻松地把你的支票换成现金了。你看，亲爱的，所有的事情都考虑到了，您不需要担心我的账里有没有钱了。"他咯咯地嗤笑着。

"现在，我们还继续吗？我时间多得是，说实话，我倒想看看，一个人能在这种……怎么说……鼓励之下坚持多久。"他又挥了挥手上粗糙的藤条，邦德心想这下没戏了。所谓不知名的目的地不是地底下就是海底深渊，或者简单一点儿，就在砸毁的宾利车下。如果横竖都是死，他最好殊死一搏。他根本没想过马西斯或者莱特能够及时赶来搭救，但是至少要让他们能够在勒·奇弗里逃跑之前抓住他。现在一定快七点了。车子可能已经在附近一带被发现了。这是一个不愉快的选择，不过他拖延的时间越长，他就越有可能报仇。

邦德抬起头，直勾勾地盯着勒·奇弗里的眼睛，眼白周围充满了红色的血丝，好像两个黑加仑泡在鲜血里。除了一层厚厚的黑色胡茬外，这张湿润的脸上的皮肤都呈现出微黄色。嘴角上的咖啡渣让他看起来像在假笑一般，光线透过百叶窗照在他脸上，勾勒出一条条浅浅的皱纹。

"不，"他淡然地说，"……你……"

勒·奇弗里哼了一声，继续对邦德施以酷刑。有时，他会像一头野兽那样吼叫。

十分钟后，邦德在愉悦的幻觉中昏了过去。勒·奇弗里立刻停下，他用没有拿着鞭子的手擦去了脸上的汗水。然后，他看了看手表，似乎做出了一个决定。

他站起身来，走到这个流着汗水，一动不动的身躯后面。

此刻，邦德脸上毫无血色，手腕以上的部位都变得苍白。如果不是因为心脏上面的一小部分皮肤还在扑通扑通地跳动，大家可能认为他已经死了。

勒·奇弗里抓起邦德的两只耳朵，使劲地扭。然后，他向前探过身去，狠狠地抽了他几下耳光。邦德的头随着他每一下的抽打晃来晃去。渐渐地，他的呼吸又恢复了过来。此时，他吐着舌头发出了动物般的呻吟。

勒·奇弗里喝了一口咖啡，然后吐了几滴在邦德的嘴里，其余的喷到了他的脸上。邦德慢慢睁开了眼睛。勒·奇弗里回到自己的座位上，等着他醒过来。他抽着烟，凝视着对面那具一动不动的躯体下喷溅在地上的血迹。

邦德又哀号了一声，听起来已经没有人样了。他睁开眼睛，呆滞地看着折磨他的人。勒·奇弗里开口说："够了，邦德。现在就把你解决了。听懂了吗？不是杀了你，是解决了你。然后，我们把女孩弄进来，看看从你们两具尸体上还能得到点儿什么线索。"

他向桌子走过去："说再见吧，邦德。"

第十八章　死里逃生

除了两个人之间偶尔的对话，其余时间里都是邦德受尽折磨而发出的叫喊，此时，出现了第三个声音，简直让人难以置信。邦德已经麻木到无法分辨出声音的地步，突然，他恢复了一些意识，可以看见事物，听见声音了。他听到门口传来一句轻声细语，随后死一般的静寂，只见勒·奇弗里慢慢抬起头，瞠目结舌，满脸惊愕，表现出一副万般惊恐的样子。

"停下。"那个声音轻轻地传来。邦德听见缓慢的脚步声在接近他的椅子。"把刀放下。"那声音又说。邦德看见勒·奇弗里乖乖地摊开手，一把刀"哐当"一声落在地上。

邦德竭尽全力想要读懂勒·奇弗里的表情，揣测他身后的人做了什么，但是他看到的只是勒·奇弗里一脸茫然、惊慌不已的模样。他嘴巴微微张开，最后只蹦出一个尖利的声音"啊"。他结实的脸颊颤抖起来，好像在努力聚集口水，想要说上几句话或者问上几个问题。他的双手在膝盖上微微颤抖，一只手试图悄悄伸进口袋，但是立刻又缩了回来，他两只瞪大的眼睛迅速眨了一下，邦德猜想一定是有一把枪对着他。

那一刻，连空气都凝结了。"锄奸局。"这句话听上去就像是叹气，语调是向下的，后面似乎没有别的话要接下去了。这就是最后的解释，临终遗言。"不，"勒·奇弗里说，"不，我……"他哑口无言。也许他正要解释，或许正准备道歉，但是，他看到的那张脸让他觉得这一切都徒劳了。

"你的两个手下都被我干掉了。你简直愚不可及，背地里干偷鸡摸狗的勾当，还背叛组织，苏联派我来消灭你。算你走运，我一枪毙了你就可以完成任务回去交差，不然，你可能会被我折磨至死，我们可不想为你惹的麻烦擦屁股。"

这个浑厚的声音停住了。房间里只有勒·奇弗里大口大口的喘气声，除此以外，一片寂静。门外有一只鸟开始唱歌，周围的村庄慢慢苏醒，渐渐出现了越来越多细小的声音。太阳的光芒越来越刺眼，勒·奇弗里脸上的汗水被照得闪闪发光。

"你认罪吗？"邦德凭着仅有的意识死不认罪。他眯起眼睛，试图摇头来澄清自己，但是他全身的神经都已经麻痹，肌肉无法做出相应的动作。他只能全神贯注地看着面前那张苍白的脸，盯着那双肿胀的眼睛。一条细小的唾液从勒·奇弗里张开的嘴边流下来，挂在了下巴上。

"认罪，"勒·奇弗里说，他发出尖锐的声音试图辩解，"但是——"，只是声音太轻，好像空气从牙膏里冒了出来一样，然后就听不见了。

突然，勒·奇弗里又长出了一只眼睛，和其他两只眼睛一样的位置，鼻梁正中间，这是一只没有睫毛和眉毛的黑色小眼睛。这三只眼睛向着窗外看了一会儿，他整张脸都耷拉了下来，单膝跪在地上求饶。另外两只长在外面的眼睛颤抖着看着天花板。然后，他的头重重地甩向一侧，右边的肩膀和整个上半身向着椅子的扶手倾斜了过去，好像整个人都病了。只听见他膝盖撞在地板上发出嘎嘎声，然后就没有别的动作了。

高耸的椅背好像一个人，冷漠地注视着倒在他怀里的尸体。邦德感觉到身后的人做了些细微的动作，然后一只手从身后伸过来，抓住他的下巴，将它托了起来。

刹那间，邦德看到一只黑色的面具后面藏着两只闪烁的眼睛，帽檐下面有一张岩石般的面孔，下面露出浅褐色的雨衣衣领。他的头被扭过来之前，只能看到这么多。

"你真是走运，"这个声音说，"我没有接到处决你的指令，你的小命一天捡回来两次。不过，你可以告诉你的组织，锄奸局大发慈悲的情况只有两种，要么是巧合，要么是失误。在我看来你第一次是走运，第二次是一个失误，因为我本该接到任务杀了这个叛徒周围的外国间谍，就好像杀死一条狗周围的苍蝇。但是我应该在你身上留点儿记号，作为一个赌徒，你向来铤而走险，或许有朝一日你还会与我们为敌，你应该享受间谍的待遇。"

那人在邦德的右后方踱来踱去，只听到刀片"咔嗒"一声打开。邦德看见一条穿着灰色衣服的手臂，宽厚的手掌上毛发浓密，从脏兮兮的白色衬衫袖口里露了出来，手上拿着一把像钢笔一样的匕首。这把匕首对着邦德右手背上方，后者的手被用电线固定在椅子的扶手上。匕首的刀尖迅速地切了三个刀口，然后又在三个刀口末尾横着划了一刀，差一点儿就要划到指关节。只见鲜血从邦德手上"M"形状的伤口里溢了出来，慢慢滴在了地上。

这点儿痛比起前面的酷刑来说九牛一毛，但也足以让邦德再次陷入昏迷。随着脚步声慢慢地离开房间，门被轻轻关上了。

静寂中，夏日欢乐的气息从紧闭的窗外传了进来，左边的墙面上折射出两片粉色的光芒，那是六月的阳光透过百叶窗照在地面的两摊血迹上之后，折射到墙上的。

随着时间流逝，这两片粉色的光线也沿着墙面行进，慢慢地扩散开来。

第十九章　白色帐篷

当你梦见自己在做梦时，就快要醒了。

后面两天里，詹姆斯·邦德一直处于这种浑浑噩噩的状态中。即使绝大多数的梦都充满了痛苦和恐怖的场景，他也任凭自己的梦不停地延续下去，丝毫没有清醒过来的打算。他知道自己躺在床上动弹不得，半梦半醒之际，似乎有人在他周围走动，只是还没等睁开双眼，他就再一次陷入了梦境之中。

他感到自己在黑暗中更加安全，于是紧紧地与黑夜相拥。

到了第三天的清晨，一个血腥的噩梦唤醒了他，他浑身颤抖，冒着虚汗。在梦里，有一只手搭在他的额头上，他拼命想要举起手臂摆脱它，但是手臂被绑在了床的两侧，动弹不得。他整个身体都被捆绑着，一个巨大的白色东西像棺材一样把他的下半身遮了起来，完全阻挡了床另一头的视线。他破口大骂，但是用尽全身力气发出的咒骂声却变成了哭声。自艾自怜的泪水如泉涌般流出，一个女人的声音传了过来，穿透了他的心。这个声音听起来温和无比，让他感到莫大的关怀和安慰，这是朋友的声音不是敌人的声音。他几乎不敢相信。他一直认为自己还被囚禁着，酷刑很快又要开始了。他感到自己的脸被一块凉爽的布轻轻擦拭着，布上有一股薰衣草的香味，然后他又进入了梦境。

几小时后等他再次醒来，恐惧已经消失殆尽，他感到十分温暖但又软弱无力。阳光照进明亮的房间，花园里的声音也透过窗户传了进来。花园后面，甚至还飘荡着海滩上细浪的声音。他动了动头，听到沙沙声，一个护士坐在他的边上，此刻正起身打量着他。她非常漂亮，微笑着测量他的脉搏。

"这下好了，你终于醒过来了。我从来没有听过那么可怕的梦话。"

邦德也对她笑着问道："我在哪里？"他听到自己的声音如此坚定而又清晰，顿时感到异常惊讶。

"你在皇城的一家护理院，英国派我来照顾你。一共派了两个人，我是吉布森。现在，你好好躺着，我去告诉医生你醒了。你从被送来以后一直昏迷不醒，我们都很担心。"

邦德闭起双眼，下意识地检查了一下身体各个部位。他的手腕和脚踝疼得最厉害，还有右手被苏联人切过的地方也很痛。身体中间部位没有什么感觉。他觉得应该是被局部麻醉了。其他部分都在隐隐作痛，好像自己全身都被打过一样。他能够感到自己全身到处是绷带，下巴和脖子上长出来的胡子尖锐地刺着床单。他从这种感觉中判断自己应该至少三天没有剃胡子了。也就是说，在那个备受折磨的早晨之后，现在又过去了两天。

他正在思考着一系列问题,这时,医生进来了。他推开门,身后跟着护士还有马西斯,马西斯对他笑了笑,但是神情满是担忧,他手指抵在嘴唇上,蹑手蹑脚地走到窗前坐了下来。

这个医生是一个法国人,看起来年纪轻轻,才智过人,他被第二局派来专门照顾邦德。他走进来站在邦德身旁,把手搭在邦德额头上,看着床后面的体温表。

他诚恳地说:"你肯定有很多疑问,亲爱的邦德先生,"他的英语很流利,"我能够回答大部分的问题,但我不想你浪费力气,所以我告诉你最重要的部分,然后你就可以和马西斯先生独处一会儿,他希望从你那里获取更多一点儿的信息。虽然现在做这番谈话还太早,但是我希望你能够尽早放松下来,这样我们就能开始你的身体恢复工作,不要再有太多的负担。"

吉布森护士拿来一把椅子让医生坐下,自己离开了房间。

"你在这里大概有两天了,"医生说,"一个农民在去皇城集市的路上发现了你的车子并报了警。几经周折以后,马西斯先生得知那是您的车,他立刻带人前往'夜行者'。你和勒·奇弗里,还有林德小姐都被人找到,她并没有受到任何骚扰。她因为受到打击而一度萎靡不振,现在已经痊愈,在酒店休息。伦敦命令她在皇城听从你的安排,等你完全恢复以后才能回去。

"勒·奇弗里的两个枪手都已丧命,每个人都被一枪爆头。

从他们毫无表情的脸上可以看出，他们根本没有发现暗杀者。他们和林德小姐在同一房间被人找到。勒·奇弗里的眉心也有一颗同样的子弹。你目睹了他的死亡吗？"

"是的。"邦德说。

"你的伤势很严重，而且失血过多，好在没有生命危险。如果处置得当，你会完全恢复，身体不会受到损伤。"医生严肃地笑了笑，"只是我担心后面几天里，你还会感到疼痛难忍，我的任务就是尽量减轻你的痛苦。既然你已经恢复意识，那么你的手臂就可以松绑了，但是一定不能随便乱动身体，睡觉的时候，护士会再将你的手臂绑起来。毕竟最重要的是让你得到休息，重新恢复体力。此时，你正经历着身体和心理上的冲击。"医生停顿了一下，问道："你被虐待了多长时间？"

"大概一个小时。"邦德回答。

"你能活下来真是奇迹，我可真是佩服你。很少人能够像你一样经受得住这番严刑拷打。也许这值得让人感到欣慰。马西斯先生一定告诉过你，我一直负责治疗受到类似伤害的病人，没有人能够活下来。"

医生看了看邦德，然后突然转向马西斯说："你有十分钟时间，然后就一定要离开了。如果病人体温上升，你要为此负责。"

他对着两个人笑了笑，然后离开了房间。

马西斯拿着医生的椅子来到床边。

"这个人不错，"邦德说，"我喜欢他。"

"他是局里的人，"马西斯说，"他是个不错的人，后面几天有时间我和你仔细说说。他觉得你能活下来简直是个奇迹，我也这么认为。

"我们先把这事放在一边，我们还有很多事情要厘清头绪，巴黎那边一直催逼着我，伦敦也是，甚至华盛顿那边也通过我们的好朋友莱特一直紧盯着我不放。哦，对了，"他突然插进来另外一句话，"M有一条私人信息需要我传达给你，他亲自在电话里向我交代的。他就想让我告诉你，他被你的行为大为触动。我问他是不是就这些了，他又接着说：'对了，告诉他，财政部那边如释重负。'然后他就挂了电话。"

邦德高兴地笑了笑。最让他宽慰的是，M竟然亲自打电话给马西斯，这真是闻所未闻的事情。M的存在很少有人提及，更不要说他的身份。他能够想象到，向来过分担忧安全问题的伦敦当局一定颇为惊讶。

"伦敦派来一个高个的独臂男人，同一天我们发现了你，"根据个人经历，马西斯知道这些细节对邦德来说比任何事情都能够令他感到宽慰，他接着说道，"他安排了护士，并且处理了后续事务，你的车也修好了，他应该是维斯珀的上司，他和维斯珀谈了很久，严格命令她要照顾好你。"

邦德心想，这位应该是S处长。他们真的给了他无比的优待。

"现在，我们言归正传，"马西斯说，"谁杀了勒·奇弗里？"

"锄奸局。"邦德说。

马西斯轻轻嘘了一声。

"天呐,"他毕恭毕敬地说道,"那么他们是盯上他了。他看上去什么样子?"

邦德简要解释了一下勒·奇弗里是如何被杀死的,省略了无用的信息,只交代了最重要的细节。他用尽全身力气,说完时感到一身轻。清醒地面对那场噩梦,令他满头大汗,他又感到浑身疼痛难忍。

马西斯注意到自己问得太多了,邦德的声音变得越来越虚弱,眼神也黯淡无光。马西斯赶紧合上手里的速记本,把一只手搭在邦德的肩上说:"原谅我,朋友,这一切都结束了,你现在安全了。任务圆满结束,整个计划都执行得相当漂亮。我们宣称勒·奇弗里杀了两个同伙,然后畏罪自杀。斯特拉斯堡和北面几个地方都已经按捺不住。他被视为当地的英雄,还是法国共产党的顶梁柱。妓院和赌场发生的事彻底动摇了他们的根基,此刻他们正抱头鼠窜。法共也散播出他已经人头落地的消息了。不过多列士①已经倒台了,这个消息并没有发挥太大的作用。他们那么做是为了让他们的大人物看起来是一时犯了糊涂。天知道他们将会如何处理整件事情。"

马西斯情绪昂扬,让邦德再次流露出喜悦的神情。

"还有一件事,"马西斯说,"我保证是最后一件事。"他看

---

① 多列士:全名莫里斯·多列士(1900—1964),国际共产主义运动活动家,原法国共产党总书记。

了看手表,"再不走,医生要收拾我了。现在,我问问钱的事,钱在哪里?你藏哪儿了?我们也仔细搜查了你的房间,好像不在那里。"

邦德咧嘴笑了。"零散地存放着,"他说,"每间房间的门上都有一个小小的黑色塑料方块,上面写着房间号码。当然,靠近走廊边上。那天莱特走以后,我就打开门把号码牌拧下来,将折好的支票塞进去,然后再拧上去。应该还在那里。"他微微一笑,"我真高兴,愚蠢的英国人也有教导聪明的法国人的时候。"

马西斯被逗乐了。

"还好我告诉你芒茨夫妇的事,你看,这下有用武之地了。我觉得这就是两不相欠,顺便我们把他们收入囊中。他们只是被雇来完成任务的无名小卒,估计要坐上好几年牢。"

此时,医生气冲冲地闯了进来,看了邦德一眼,马西斯赶紧起身。

"出去,"医生对马西斯说,"出去之后不要再回来了。"

马西斯匆忙向邦德挥了挥手,还没来得及好好道别就被医生关在了门外。邦德听到一阵激烈的法语对话声渐渐消失在走廊。他筋疲力尽地躺下,但是刚刚听到的消息使他大为振奋。快要坠入睡梦时,他想起了维斯珀,还有很多问题要问,不过来日方长。

第二十章　恶性难改

邦德恢复得很快。过了三天，马西斯再来看他时，他已经能支撑起自己坐在床上，两只手臂也都松绑了。他的下半身还用长长的椭圆形帐篷遮挡着，但是他看起来神采奕奕，只是偶尔疼痛会让他眯起眼睛。

马西斯看起来有些垂头丧气。"这是你的支票，"他对邦德说，"带着四千万法郎到处跑可真是件肥差，但是，你最好签一下名，我会把钱转入你在里昂信贷的账里。我们找不到锄奸局的人，影子都没有。他一定是步行或者骑车跟踪到别墅的，因为你和两个枪手都没有发现他。这真的很气人，关于锄奸局我们能够获得的情报少之又少，伦敦那边也是。华盛顿说他们有情报，结果只不过是拉来几个难民审问，这就好比我们在英国大街上找几个路人询问特勤局的消息，或者找法国人询问第二局的消息。"

"他可能从列宁格勒来，通过华沙抵达柏林。"邦德说，"从柏林出发有很多条路能够通往欧洲。他现在应该在返回的路上，上级命令他不要射杀我。我猜想他们手上有情报，知道战后M指派给我的几项任务。他显然觉得自己聪明过人，把M的缩写字母刻在我手上。"

"那是怎么一回事儿？"马西斯问道，"医生说刀口像一个四四方方的M，字母末梢与顶部相连。他说这不表示任何含义。"

"是这样的，我晕过去之前偷瞄了一眼，但是在他切我手的时候，我看得清清楚楚，那是俄文字母里的S和H。有点儿像倒置的M拖一个尾巴。这就能解释了，锄奸局是'死亡'和'间谍'的意思，他把我标记为一名'间谍'。这真是令人讨厌，等我回到伦敦，M很有可能会让我去医院，重新植一块皮在我的手背上。反正也不要紧，我决定辞职了。"

马西斯看着他张大了嘴说："辞职？"他疑惑地问道，"这是什么意思？"

邦德故意回避马西斯的疑问，仔细地检查着自己的绷带。

"当我备受酷刑的时候，"他说，"我突然很想要活下去。在勒·奇弗里对我施加酷刑之前，他说的一句话点醒了我……说我'一直在搏命'。我突然觉得他说的没错。"

"你看，"他看着自己的绷带继续说，"当我们年轻的时候，判断是非是很容易的事情，但是当我们年纪越来越大，我们就会觉得这件事越来越困难。念书的时候，我们都很容易知道谁是恶人谁是英雄，然后都想长大后能够扬善除恶。"他坚定地看着马西斯，"你看，过去几年里，我杀了两个恶人。第一个在纽约，对方是日本的密码专家，他破译了我方在日本领事馆的密码，该处位于洛克菲勒中心美国无线电公司大厦的三十六层。我在隔壁大厦的四十层楼找了一间房间，相隔一条马路，我可以清楚看到他的所作所为。然后，我从纽约找来一名同事，带着几把有望远镜和消音器的30-30雷明顿枪。我们悄悄把家伙带进房间，一连等了好几天，静候最佳时机。同事在我之前先开枪，负责在窗户上打一个洞，这样我就可以通过洞眼打中日本人。洛克菲勒中心为了隔音造了严实的窗户，十分管用。不出我所料，他的子弹打偏了，也不知道打到哪里去了。但是，我紧接着开枪，打穿他先前留下的洞。日本人正转身目瞪口呆地看着打碎的窗户时，我一枪打中了他的嘴巴。"

邦德笑了笑说："这个任务完成得无懈可击，而且十分干净利索。距离三百码，毫无肢体接触。第二次在斯德哥尔摩就没有那么完美了。我不得不先杀了一个妨碍我们杀害德国人的挪威人，他俘虏了我方两名成员，或许已经将他们杀害。不论出于何种原因，这项任务都必须绝对保密。我带了一把刀，准备在他的卧室解决他。可是，他死得并不是那么快。

"因为完成了这两项任务，我被授予00称号，听起来好像是在表彰智慧过人、品行端正，坚韧不拔的先进个人，其实00称号只是表示你曾在某项任务中将对象残忍地杀害。"

"现在，"他再次抬起头看着马西斯说，"这都没错，英雄杀死两个恶人，但是当英雄勒·奇弗里要杀害恶人邦德时，恶人邦德深知自己并非恶人，这样一来你就看到事情的另一面了。英雄也好，恶人也好，简直难以分辨。"

"当然，"正当马西斯要好心相劝时，他说道，"爱国主义当道，使一切看起来顺理成章，但是维护国家正义的勾当已经有点过时了。历史发展的步伐越来越快，英雄与恶人的角色一直在不停地互换。"

马西斯吃惊地看着他，然后，他晃了晃脑袋，平静地将手搭在邦德的手臂上。"你的意思是，这个差点儿把你变成阉人的勒·奇弗里还不能被称为是一个恶人？"他问，"任何人听完你刚才说的那番话都会觉得你是脑子被打坏了，而不是你的……"他指了指床后部邦德受伤的下半身。"解决了勒·奇弗里以后，你又等着M再指派给你另一个勒·奇弗里。我打赌你会继续追究下去。还有锄奸局呢？实不相瞒，我可不喜欢看到这些家伙在法国满大街追杀那些背叛他们之前的组织的叛徒。你是一个彻头彻尾的无政府主义者。"他两手一摊，手臂慵懒地垂了下来。

邦德哈哈大笑。"好吧，"他说，"拿我们的朋友勒·奇弗里来说，我们很容易就能肯定他是一个大恶人，从他对我的所作所为来看，至少对于我而言是可以这么下定论的。如果他现在在这里，我会毫不犹豫杀了他，但是，抛开私人恩怨，我恐怕不会为了什么高尚情操或者我的祖国而杀了他。"

他看着马西斯，马西斯感到他的自我反省有些多此一举，这只不过是工作上的任务。马西斯朝他笑了笑。"继续说下去，我亲爱的朋友。能看到全新的邦德可真是稀奇。英国人真是古怪,就像一堆中国匣子,不知葫芦里卖的什么药,总是要绕一个大圈子才讲到重点。最后的答案未必多么令人惊奇,但是过程确实十分有趣,很能给人启发。继续论述你的观点。如果下次我想摆脱上司指派给我的坏差事,也许我能够用上。"他狡诈地一笑。

邦德没有理睬他,继续说道:"现在为了区分善恶,我们创造了两个形象来代表两个极端,一个是最最黑暗的势力,我们称之为恶势力,另一个是无罪之人,我们称之为上帝。我们也有所隐瞒,比如上帝是清白的形象,你可以看到他胡须上的每一根毛发,但是恶魔呢,谁知道他长得什么样子?"邦德得意扬扬地望着马西斯,只见后者嘲讽地笑了笑,说道:"一个女人。"

"好倒是好,"邦德说,"只是我一直在思考,我到底应该站在哪一边。我为恶魔和他的门徒,比如这个大好人勒·奇弗里感到遗憾。现在恶魔遇到了艰难的时刻,而我总是喜欢站在弱者的一边。我们没有给这些可怜的家伙一个机会。《圣经》教导我们如何行善,但是却没有哪本书写着如何行恶。没有先知替恶魔写下他的十诫,也没有人写他的传记。我们默许他消失了,但是我们根本不了解他,仅仅从父母和老师那里听到过关于恶魔的传说。我们也没有办法从任何书本中了解到恶魔的本性,既没有寓言故事,也没有格言警句或者民间传说。我们只有生活中那些不那么高尚的人的活生生的例子,或者全凭我们的直觉去判断。"

"所以,"邦德为自己的观点继续添油加醋,"勒·奇弗里是为了一个伟大的目标,很重要的目标,或许是最高尚而伟大的目标。从他恶魔般的存在来看,他正在创造邪恶的标准,而这个标准的对立面就是善良,只是还没来得及创造出来,就被我毁掉了。我们对他的了解甚少,但是我们见识到了他的恶行之后,做得比他收敛一些,就显得我们无比高尚。"

"说得真好,"马西斯说,"你让我引以为傲。你真应该每天受尽折磨。我今晚一定要记得做几件坏事,不,应该立刻就做。我做的还不够多,只有几件小事,可惜了,"他假模假样悲伤地说道,"不过既然现在真相大白,我应该赶紧付诸行动。我将会度过一段愉快的时光。现在,我们想想,该从哪一项开始,谋杀,纵火还是强奸?不过这些都是小儿科。我应该咨询一下大善人萨德侯爵①,在这方面,我可还只是个孩子。"

他突然脸色大变。"啊,但是我们的良心该怎么办呢,亲爱的邦德。如果我们为了丰厚的报酬犯了罪,我们该怎么办?这是一个难题啊。他是个很狡猾的人,他的良心就和我们人类的鼻祖一样原始,我们必须仔细考量这个问题,不然就得不到应有的享受。当然,我们应该先将他残杀,只是他太难对付。这件事情不好办,可是一旦成功,我们就能比勒·奇弗里更邪恶。"

"对你而言,亲爱的詹姆斯,简直轻而易举。你可以先考

---

① 萨德侯爵:全名多拿尚·阿勒冯瑟·冯索瓦·德·萨德,1740年出生,著名的法国情色作家。

虑辞职,这对你开始一份新的职业而言可是绝妙的起点,而且也很容易。每个人都有辞职的冲动,你所要做的就是触发这个动机,你会让你的国家受到重创,你的良心也会被彻底颠覆。一石二鸟,简直完美!这是一个多么艰难而又神圣的职业啊!对我而言,我也必须即刻开始新的职业。"他看了看手表,"很好,我已经开始了,我和警察局局长的会议已经迟到了半个小时了。"

他大笑着站了起来。"这可是最令人享受的事情,亲爱的詹姆斯,你真的应该坚持下去。至于你自己遇到的小问题,比如如何区分好人和坏人、英雄和恶棍,等等,的确不好把握。秘密在于个人的经历,在于你到底是谁。"

他走到门口停了下来。"你也承认勒·奇弗里对你做的事情相当过分,如果他站在你面前,你会亲手杀了他,不是吗?等你回到伦敦,你就会知道还有很多勒·奇弗里在追杀你以及你的伙伴和国家。M会一一告诉你的。既然你已经见识过真正的恶棍,那么你也知道他们会做出什么样的事,你一定会为了保护自己和你所爱的人去摧毁他们。这一点毋庸置疑。你知道他们丑恶的鬼脸,他们的勾当,也许你对自己的职业有所挑剔,你可能想要确定你的目标是十足的恶人然后再动手。事实上,我们周围充斥着这样的恶人,你还有很多任务等着做,你也会去执行的。如果你坠入了爱河,有了心上人或者妻子儿女要照顾,事情就更加简单了。"

马西斯打开门,站在门口接着说:"确保你周围都是好人,亲爱的詹姆斯。他们才是你需要争取的,这比坚守原则要简单得多。"说完,他哈哈大笑起来,"但是,你可不能让我失望,不要太有人性了。否则我们就失去了一台好使的机器。"说完他摇了摇手,关上了门。

"等等。"邦德刚要开口,马西斯就消失了。

第二十一章　久别重逢

第二天,邦德要求安排与维斯珀见面。他分明知道维斯珀每天都来护理院问候他的情况,因为他每天都能收到她送来的鲜花,但是他迟迟不想这一天的到来。邦德根本不喜欢鲜花,他让护士把花送给其他病人,一来二去,维斯珀就不再给他送花了。邦德并非想惹得她不愉快,只是他不喜欢过于女性化的东西摆在自己周围。花朵似乎是要求对方认可送花的人向自己传达的同情和关爱。邦德觉得十分不自在,他不喜欢被宠爱照顾的感觉,这让他感到局促不安。

邦德也不愿意费口舌向维斯珀解释。他虽然一直想弄明白维斯珀为什么这样做,但是如果问得过于唐突,难免有些尴尬,况且她也不是能言善辩之人,邦德不想让她为难。他开始考虑如何向 M 汇报实情,他并不想把这件事怪在维斯珀身上,否则她很有可能会被开除;但是,他不得不承认,为了回避这个问题,他给自己制造了一个更加痛苦的麻烦。

医生一直会和邦德谈论他的伤势。他告诉邦德,虽然他的身体受到连续猛击，但是没有大碍。他也说邦德身体恢复指日可待，机体并不会受损。但是邦德的视力下降，神经受损，这些都表明上述那些话只是安慰之辞。他还是全身浮肿，到处都是瘀青，一旦药性退去，他就痛苦不堪。撇开这些不谈，他的心灵也受到了重创。和勒·奇弗里在屋里待了一个小时，他觉得自己一无是处，这样的一条伤疤深深刻在他脑海里，只有时间才能将它抹去。

从邦德第一次在冬宫遇到维斯珀起，他就深深被她吸引，他知道如果那天夜里没有发生这些事情，或者维斯珀做出了不同的反应，也没有发生绑架，他们很可能就能够共度良宵。甚至以后无论在车里还是别墅外面，他的脑袋里除了想到维斯珀的胴体外，不会有任何其他东西了。

现在，他又能够见到她了，他开始担心，害怕他变得麻木不仁。他把这一次见面当作一种测试，而实际上却一直试图回避，他明白这才是把这次见面推迟一个多星期的真实原因：由于不知道身体会做出什么样的反应，他非常害怕。他本想继续拖延，只是他知道迟早要将这件事的来龙去脉做一汇报，伦敦随时会派人过来调查事情原委，躲得过初一躲不过十五，不如早点做好最坏的打算。

所以到了第八天他找来了维斯珀，让她趁着晨曦，也就是他精神最饱满的时刻来看望他。他本能地猜想经过这件事以后，她看上去应该会很憔悴或者身体有所不适，没想到，他看到一个高个子小麦肤色的女孩，裹着奶白色的外套，腰间系着一条黑皮带,愉快地走了进来,微笑着看着他。

"天呐,维斯珀,"他做了一个扭曲的手势表示欢迎,"你看起来美若天仙,你可真是浴火重生,你怎么把肤色晒得那么漂亮?"

"我非常过意不去,"她坐在床边对他说,"但是,自从你住院以来,我每天都去晒日光浴。医生说我应该去,S处长也让我去,我想整天在房间里闷闷不乐对你也没帮助,所以就去了。我在海边找到一片很棒的沙滩,我每天带午饭去那里吃,随身还会带上一本书,日落才回来。每天都有一辆公交车带我往返,只需步行几步就能走到沙丘,我也渐渐走出阴影,能够忘却这是一条通往别墅的道路。"

她的声音有些支支吾吾。一提到"别墅"两个字,邦德的双眼就不停地闪烁。维斯珀没有因为邦德的无动于衷而停下,而是继续坚强地说了下去:"医生说你很快就能下床了。我想也许……我想也许我以后可以带你去那片沙滩。医生说晒日光浴对你也有好处。"

邦德哼了一声说:"谁知道我什么时候能晒日光浴,医生又在信口开河了。就算我能晒了,最好也是一个人去,我可不想吓跑别人。除此以外,"他用目光指了指床头,"我的身体上到处都是伤疤和瘀伤。不过你倒是可以尽情享受,你没理由不享受啊。"

维斯珀被他的一番话刺痛了。"抱歉,"她说,"我刚才想到……我只是尽力……"突然,她的眼睛里充满了泪水。她吞咽了一下，继续说道："我想……我想帮助你恢复。"她哽咽了。面对邦德眼神里和语气里对她的指责，她可怜巴巴地望着他。突然，她双手捂着脸庞抽泣起来。"抱歉，"她支支吾吾地说，"我真的很抱歉。"她一只手伸进包里寻找手帕，"都是我的错，"她轻轻地擦拭着自己的眼泪，"我知道这一切都是我的错。"

邦德立刻就心软了，用缠着绷带的手拍了拍她的膝盖。"没事了，维斯珀。我太粗鲁了，是我不好。我只是嫉妒你还能够去晒日光浴，而我只能被困在这里。等我好了立刻就随你去沙滩，到时候你要带我去啊。当然，这只是我的心愿，能不能实现还不一定。能够离开这里可是再好不过了。"

她拍了拍他的手，站起身来走到窗前。不一会儿她开始修补妆容，然后又回到床边。邦德满怀柔情地看着她。他和所有铁石心肠的人一样，一不小心就在似水柔情中翻了船。她实在太美了，靠近她时让他不由自主地感觉到温暖。

他决定单刀直入地提出问题。于是他向她递了一支烟，谈论了一会儿 S 处长的探望以及伦敦对勒·奇弗里溃败的看法。从她带来的消息可以清楚看出，他们已经提前完成了计划的最终目标。这个故事在世界各地传得沸沸扬扬，英美两地很多派驻在皇城的记者都试图追踪这个在赌桌上打败了勒·奇弗里的牙买加百万富翁。他们找到了维斯珀，不过她掩饰得非常好。她对外宣称，邦德对她说他会继续前往戛纳和蒙特卡洛，拿着赢来的钱继续赌下去。这样就把这些人的视线转移到了法国南部。马西斯和警方清除了一切线索,记者们顺藤摸瓜只能找到关于斯特拉斯堡的事情,还有法国共产党员中的内讧。

"对了,维斯珀,"邦德过了一会儿说,"你在酒吧离开我以后,到底发生了什么?我看到的是他们绑架了你。"他告诉她在赌场外面看到的一幕。

"我大概没有经过大脑思考,"维斯珀说话时回避了邦德的目光,"我在入口大厅没有看见马西斯,随后我走出去,门卫问我是不是林德小姐,然后告诉我留下字条的人在台阶右侧的车里等我。我觉得有些奇怪,我认识马西斯时间不长,我不知道他的做事风格,所以我就朝车那里走过去了。车就在右边,停在暗处。正当我走过去时,勒·奇弗里的两个手下就从后面一辆车里跳了出来,掀起我的裙子盖在了我的头上。"

说到这里维斯珀脸红了。"这听起来像小孩子玩的把戏,"她不好意思地看着邦德,"但却达到了预期的效果。我成了十足的阶下囚。我惊声尖叫,却听不到任何声音能够透过我的裙子。我用尽全力到处乱踢,但是都毫无用处,我什么也看不见,手臂也动弹不得。我就像一只被反绑起来的鸡。他们把我拎起来,塞进汽车的后座。我不停地挣扎,但是,当车子发动起来,我趁他们想要把裙子绑到我头上的时候,挣脱了一只手,把我的包扔出窗外。我希望这能有所帮助。"邦德点点头。

"这只是本能反应。我害怕极了,我想你可能不知道我发生了什么,我就做了头脑里想到的第一件事。"邦德知道他们想要找的人是他,如果维斯珀不把包丢出来,他们看到邦德追了出来,也会直接把包扔出来的。

"当然有用啦,"邦德说,"但是他们把我的车撞翻以后抓住了我,我朝你说话,你为什么不在那个时候回答我?我当时非常担心,我以为他们已经把你扔出车外了,或者发生了什么不测。"

"恐怕我失去意识了,"维斯珀说,"有几次因为缺氧,我晕了过去,后来他们发现后在我的脸部挖了一个洞。我一定又晕过去了。到达别墅之前发生的事情,我记不清楚了。当我听到你试图在走道追上我时,我才知道你被他们俘虏了。"

"他们没伤害你吧?"邦德问,"他们没有在殴打我的时候对你做什么吧?""没有,"维斯珀说,"他们只是把我捆在扶椅上。他们喝酒打牌,然后就去睡觉了。我猜锄奸局就是那个时候把他们干掉的。他们捆起我的双腿,把我放在角落里的一张椅子上,面朝着墙壁,所以我也无法看到锄奸局的样子。我听到一些奇怪的声音,我猜他们是要来喊醒我。然后就听到一个人从椅子上摔倒的声音。有几声很轻的脚步声走来走去,然后门关上了,马西斯和警察几个小时后破门而入。这中间很长一段时间我都迷迷糊糊,我也不知道你发生了什么,"她停顿了一下,"但是我听到一声惨叫,听起来隔着很远。不过,我觉得一定是尖叫声,我甚至以为是做了一个噩梦。"

"恐怕那个声音是我的。"邦德说。维斯珀伸出手放在他的一只手上，两眼充满了泪水。"太可怕了，"她说，"他们对你的所作所为，都是我的错。如果我没有……"她用手捂住了脸。

"没事，"邦德安慰她说，"都过去了，这一切都结束了，谢天谢地，他们没有对你下毒手。"他拍了拍她的膝盖，"如果他们把我放倒了，就会去收拾你（他想'放倒'应该算是个适合的字眼），我们要感谢锄奸局。现在，让我们把这件事都忘记吧。这件事和你没有任何关系，任何人都会被那张字条蒙骗过去的，既成事实就不要再去想它了。"他畅快地说道。

维斯珀泪眼婆娑感激地看着他。"你发誓？"她问，"我以为你永远不会原谅我。我……我一定会想办法补偿你的。"她看着他。邦德也看着她，心想该如何补偿呢。她笑了笑，邦德也笑了笑。"你可要小心了，"邦德说，"我可是会一辈子记得的。"

她看着邦德的眼睛，一语不发，后面还有神秘莫测的挑战在等着他。她按了按他的手，站起身来说："我说话算话。"这次他们都当真了。

她拿起放在床上的包，走到门前，严肃地看着邦德问："明天我还要来吗？"

"好，来看看我，维斯珀，"邦德说，"我想见你。再看看我们还能做什么。一起想想等我痊愈以后能够去什么地方还挺有意思的。你还能想到别的地方吗？"

"能，"维斯珀说，"所以请你早日康复。"

他们相互对视了一眼，然后她走了出去，关上门。邦德一直侧耳倾听，直到脚步声完全消失。

第二十二章　神秘轿车

从那天起,邦德宛如获得新生。

他坐在床上,一边给 M 写报告,一边回想起维斯珀那天的表现有多么不专业。他篡改了其中一些重点,让绑架听起来显得更加狡诈一些。他赞扬维斯珀在整个任务当中沉着冷静,省去了一些他认为不负责任的表现。

每天他都兴奋地期待着维斯珀来探望他。她眉飞色舞地向他讲述前几天发生的事情,她在海边的新发现,以及在餐厅吃了什么。她已经和警察局局长还有赌场里的一个负责人打成一片,他们会在晚上带她出去,偶尔还会在白天借车给她。她一直注意着宾利车的维修状况,事发之后这辆车被拖到鲁昂的汽车制造商进行维修,她还订购了好几套新衣服,先后送往邦德伦敦的公寓。他原来的衣橱里已经没有一件衣服可以穿了。为了搜查那四千万法郎,每件衣服都被拆成了碎片。

他们从不谈论勒·奇弗里的事情。维斯珀偶尔会拿 S 处长开玩笑。看得出来她是皇家海军女子服务队派遣过去的。邦德也会告诉她一些在特勤局的工作经历。他惊讶地发现和她说话非常轻松。和其他女人交谈时，他总是不温不火。他已经厌烦了各种各样的故作姿态，这与最后的不欢而散一样令人感到无聊。每一段感情最后都会无可避免地出现一些可怕的情节。所有的感情都呈抛物线发展，先是培养感觉，然后彼此爱抚，接着亲吻，然后火热地接吻，一直到肢体接触，达到床笫之欢，然后逐渐冷淡，直至相互厌倦，接着眼泪和苦楚纷纷登场，这些对邦德而言充满了虚情假意。他甚至努力回避一些场景，比如在宴会、餐厅、出租车或者两个人的公寓里见面，然后周末在海边和公寓见面，然后制造一些见不得人的托辞，最后在雨夜中不欢而散。

然而和维斯珀在一起从来没有出现过这种情况。在沉闷的房间里和漫长的治疗过程中，维斯珀的到访每天都像一片绿洲一样给他带来欢乐，令他无比期盼。在交谈过程中，他们保持着纯粹的友谊关系，里头只稍稍带了一点儿激情。他们的话语中隐藏着不言而喻的热情和承诺，到了一定的时机，他们一定会兑现诺言。慢慢地，他浑身的伤口都开始愈合。

不论邦德是否喜欢，生命的枝桠已经逃脱了死神的魔爪，迸发出新的花朵。他逐渐康复起来，感到身心愉悦。医生允许他起身，不多久，他又能够坐在花园里了。随后又能走上几步了，直到完全恢复行动能力。一天下午，医生特意从巴黎飞回来告诉他，他已经完全康复了。维斯珀把他的衣服都收拾好，邦德和护士们告别以后，他们租了一辆车走了。

三周前他还挣扎在死亡边缘，现在已然步入七月，炎炎烈日照耀在海边的沙滩上，海面波光粼粼。邦德十分珍惜此时此刻。

他不想回到皇城的大酒店里去，维斯珀说会另外安排一个远离小镇的地方，但是她坚决保持神秘，只透露说她选的地方邦德一定会喜欢。他喜欢她掌控着一切，不过还是象征性地提了一句"海上洞穴"，她承认这个地方是在海上，然后赞美了一番乡下露天厕所的乐趣，还有床上的臭虫和蟑螂。

但是有一件事搅得他们心神不宁。当他们在沿海公路朝着"夜行者"的方向行驶时，邦德向她描绘自己是如何开着宾利车疯狂追赶，然后指了指撞车的弯道，以及那个放置着布满铁钉的地毯的地方。他慢慢放慢车速，探出身体指给她看柏油路面上的划痕，都是车轮边缘和破损的车身造成的，他还指给她看车被撞倒后油漏出来的地方。

但自始至终，维斯珀都显得心不在焉，坐立不安，她只是时不时地敷衍一下。有几次邦德看见她在瞄后视镜，当他抓住机会向后窗望出去时，他们正好拐了一个弯，什么都看不见。

最后，他握着维斯珀的手说道："你有心事。"

维斯珀勉强地笑了笑说："没事，一点儿事情都没有。我只是突然觉得我们被跟踪了。我大概太紧张了，这条路上到处都是冤魂。"

她假装坦然一笑，却又朝着后视镜看了看。"你看。"她的声音里有些惊慌。

邦德听话地回过头去。的确，四分之一英里外有一辆黑色的轿车极速追赶着他们。邦德哈哈大笑说："这条路上不可能只有我们。再说，谁会来跟踪我们？我们又没有犯法。"他拍了拍她的手，"那是一个前往勒阿弗尔出差的中年男人，他可能正在想着午饭和巴黎的情人呢。真的，维斯珀，你不能冤枉好人。"

"希望你是对的，"她紧张兮兮地说，"不管怎样，我们快到了。"她又沉默不语，盯着窗外看。

邦德觉得她非常紧张，于是笑了笑，觉得可能是经过那件事以后，她还没有恢复过来，他决定逗维斯珀开心。当汽车行驶在一条通往海边的小径上并开始慢慢减速时，邦德让司机驶离主道，停车观望。他们躲在高高的树篱后面，从后视镜里观察着外面的一举一动。

透过夏日里嗡嗡的声音，他们听到有车靠近了。维斯珀紧紧地握住邦德的臂膀。黑色汽车靠近他们的时候，并未减速，他们只能隐约看到坐在里面的男人。

那个男人的确飞快地瞥了他们两个一眼，不过那是因为他们躲藏的地方上面有一块显眼的招牌，上面写着："**禁果旅馆，油炸甲虫**[①]。"邦德十分确定司机看的是这块招牌。

当车子的尾气声慢慢消失在小径上时，维斯珀瘫坐在座位上，脸色苍白。

---

① 粗体部分原文为法语，下同。——编者注

"他在找我们，"她说，"我告诉过你的，我们被跟踪了。现在，他们知道我们的去处了。"

邦德不耐烦地说："不要瞎说，他在看那个标志。"他向维斯珀指了指那块招牌。

她看到后，稍稍松了一口气。"你真的觉得是这样吗？"她问，"是的，你说的一定是对的。来吧，抱歉，我又犯蠢了，我不知道我们将会面临什么。"

她向前探出身子，隔着隔板让司机继续开车。她坐在椅子里，朝着邦德高兴地笑笑，脸颊上又有了血色。"真的很抱歉，我只是……我只是不相信事情就这么过去了，不相信不会再有恐怖的事情发生。"她捏了一下邦德的手说，"你可能会觉得我愚蠢。"

"当然不会，"邦德说，"但是目前真的不会有人对我俩不怀好意。别放在心上，任务都完成了，后续都处理好了。这是我们的假期，天空万里无云，你心里还是有疑虑是吧？"邦德坚定地说道。

"不，当然没有，"她微微摇了摇头，"我疯了，我们马上就要到目的地了，我真的希望你喜欢。"

他们都向前探出了身子。她的脸上又重新恢复了生机，这件事在他们心底只是留下了一个小小的疑惑。当他们穿过沙丘，看见大海，在松树林中看见一个小巧的旅馆时，这件事就被彻底遗忘了。

"不得不说，这家旅馆并不是很宏伟，"维斯珀说，"但是很干净，而且食物也很棒。"她焦虑地看着邦德。

她根本无需担忧，因为邦德非常喜欢这个地方，当他第一眼看到这里时，就喜欢上了。梯田一直延伸到涨潮的地方，两层楼的小房子的窗台上遮盖着鲜艳的雨篷，月牙形的海湾里是蓝色的池水和金黄色的沙子。他一生中能有几次机会驶离主道，找到这样一个被人遗忘的角落，把世间的烦恼抛之脑后，从早到晚地住在海边呢？现在，他可以在这里度过一整个星期，身边还有维斯珀。他在脑海里勾勒着这一天天到来的画面。

他们把车停在房子后面的庭院里，房东和房东太太都出来迎接他们。韦尔苏瓦先生是一个只有一条手臂的中年男子。他的另一条手臂是在马达加斯加和自由法国部队交战时失去的。他和皇城的一位警察局局长是朋友，还是赌场的总监向维斯珀推荐的这个地方，在电话里与房东商量好的。一切都进展得十分顺利。

韦尔苏瓦太太正在准备晚餐。她穿着一条围裙，手里拿着木勺。看上去她比她的丈夫年轻，体态丰满圆润，眼神十分温暖。邦德猜想他们没有子女，把所有的关怀都给了朋友和常客，也许还养了宠物。他想他们的生活应该不会太宽裕，到了冬天，海水一涨，还有松树林间呼呼作响的风，一定让旅馆的生意冷清不少。

房东带他们去各自的房间。维斯珀是一间双人间，邦德住在隔壁，房间在屋子的角落里。他的房间里有两扇窗户，一扇窗能看到海，还有一扇能看到远处的海湾。两扇窗户之间有一个浴室。所有的东西都一尘不染，无比舒适。

房东很高兴他们都能满意，他说晚饭七点半开始，房东太太准备了黄油焗龙虾。他向他们道歉，说因为是周二的缘故，所以这里才会如此冷清。到了周末人就会多一些，毕竟现在不是旺季。一般来说，应该有很多英国人会来这里住，但是因为他们在皇城手气不好，周末到了那里，在赌场输得一干二净，所以就打道回府了。房东豁达地耸了耸肩，感叹时日大不如前。但是今天是今天，我们不会重蹈覆辙。

"确实如此。"邦德说。

第二十三章　激情浪潮

他们站在维斯珀房间门口交谈，房东离开后，邦德一把把她推进房间然后关上门。他把双手搭在她的肩膀上，亲吻她的脸颊。

"这里就是天堂。"他说。

他看见她的眼睛闪烁着光芒。她的手放在他的前臂上，他慢慢靠近她，把双手搭在她的腰上。她的头向后一仰，微微张开了嘴。

"亲爱的。"他说。他强行撬开她的双唇亲吻她，一开始她还有些羞涩，可是不一会儿就充满激情。他的手滑落到她丰满的臀部上，用力地抓了一下，把他们两个的身体紧紧贴在一起。维斯珀大口喘着粗气，移开了嘴巴，当他们摩擦着彼此的脸颊紧紧相依时，邦德甚至能感觉到她的胸部靠在他的胸膛上。然后，他抓住她的头发，让她的头稍稍向后仰，准备再次亲吻她。谁知她一把把他推开，筋疲力尽地瘫坐在床上。他们满怀激情，相互对望了一会儿。

"抱歉，维斯珀，"他说，"我不是故意要这样的。"

她摇了摇头，对突如其来的激情哑口无言。随着激情慢慢退去，他坐在她的身旁，他们满怀柔情地看着彼此。她斜靠过去，亲了亲他的嘴角，替他梳拢湿润的额头上的头发。"亲爱的，"她说，"给我一支烟，我找不到我的包了。"她环顾房间四周。邦德为她点燃一支烟，放在她的嘴里。她深吸一口，然后长叹一口气把烟从唇齿间吐了出去。

邦德双臂抱着她，可是她站了起来，走向了窗边。她站在那里，留给邦德一个背影。邦德低着头看到自己的双手还在颤抖。

"离晚饭还有一段时间，"维斯珀没有看他，"你为什么不去洗个澡？我来替你整理行李。"

邦德从床上坐起来，走到她身旁，紧紧挨着她，用一只手抱住她，另一只手放在她的胸前。他捏着它们，感到它们再次硬挺了起来。维斯珀握住邦德的手，但是仍然看着远方。

"现在不是时候。"她低声地说。邦德弯下身，亲了亲她的脖子，他用力地抓住她。可是不一会儿，他就松开了。

"好吧，维斯珀。"他说。他走到门口回过头看了看她。她一动不动。他想她大概在哭，于是想过去安慰，但是他又不知道应该说些什么。"亲爱的。"他说完走出房间关上了门。

邦德走回自己的房间，坐在床上，感到激情退去后浑身无力。他想躺倒在床上昏睡过去，可转念又想去海边冲冲凉恢复状态。他在两者之间挣扎了一会儿，然后走到行李箱前，拿出了一条白色的泳裤和深蓝色的睡衣。

邦德从不喜欢穿睡衣，战争结束前在香港，他一直赤膊睡觉。这是一件到膝盖长度的睡袍，没有纽扣，中间只有一根宽松的腰带。袖子又短又宽，到手肘的位置，穿起来无比舒适凉爽。当他套进睡袍里时，他身上所有的瘀伤和疤痕都被隐藏起来，只看到手腕和脚踝处留下的白色印记以及锄奸局在他右手上留下的标记。

他穿上一双深蓝色的皮质拖鞋，走下楼梯穿过露台来到沙滩上。当他来到房屋前时，他想起维斯珀，他迫使自己不抬头看她是否在窗边站着。即使她看到自己，她也不会有任何反应。

他在金色的沙滩上沿着海岸线漫步，慢慢走出了旅馆的视线范围。他脱下睡袍，小跑起来，然后漂亮地潜入海浪之中。沙滩迅速消失了，他让自己尽可能久地潜在水里，然后用力划水，让海水的凉意传遍全身。最后他浮出水面，把头发从眼睛前面撩起来。将近七点时，太阳已经没有多少暖意了，虽然阳光依旧刺眼，但太阳不用过多久就会在海湾的另一头完全沉落。他转过身去，背着太阳游泳，这样才能让自己游得更久一些。

等他上岸时，他已经在距离海湾一英里远的地方了，他的视线被遮挡住，无法看到扔在海湾那边的睡衣，但是他知道自己还有足够的时间在沙滩上躺一会儿，在黄昏涨潮前把身体晒干。他脱掉泳裤，看着自己的身体，还有几道伤痕留在身体上。他耸了耸肩，摊开四肢，直瞪瞪地盯着空荡荡的蓝天，心里想着维斯珀。

他对她有着复杂的情感，他对这种感觉越来越不耐烦，它们原本可以那么简单。他原本只是打算尽快得到她，因为他一直渴望得到她，也想看看自己的身体到底还有多大能耐。他以为他们能共同度过几个晚上，回伦敦后他或许也会和她继续交往。鉴于双方在特勤局的职位，他们的关系无非是走向分离。如果不能简单处理，他也能借一个海外任务的名义逃脱，或者如他所愿，辞职到世界各地旅游。

但是，她似乎潜入了他的身体，过去的两个星期里，他的感觉逐渐产生了变化。他发现她的陪伴让人感到轻松而随意。她有些神秘，一直挑拨着他的好奇心。她从不轻易流露自己的真实性格，邦德感到无论两人相处多久，她心里总有一个位置是他永远无法企及的。她心思缜密，高高在上，从不卑躬屈膝。现在他发现她是如此婀娜多姿，但她心里却有着别人，每次想要占据她的身体时，他总感到有些强人所难。这样爱着她就好像一场到不了终点的惊险旅程。她如饥似渴地和他在一起，贪婪地享受着床第之欢，却又不完全爱上他。

邦德疲惫地躺着，一丝不挂地看着天空，脑子里想要摆脱这个念头。他转过头看着沙滩，看见岬角的影子已然逼近自己。他站起身来，尽力擦去身上的沙子，想着回去之前要先洗一把澡。只是他鬼使神差地拿起了泳裤，沿着沙滩散起步来。拿起睡袍时他才想起自己一丝不挂，但他懒得穿泳裤了，便把轻巧的外套一披，独自走回酒店了。

就在那时，他总算有了主意。

第二十四章　美好时光

当他回到自己的房间看到所有的东西都已收拾干净,就连浴室里的牙膏和剃须刀都整齐地摆放在浴池上方的玻璃架上时,他为之一动。另一边摆放着维斯珀的牙刷,几个瓶瓶罐罐,还有一小瓶面霜。

他看了看这几个瓶子,惊讶地发现里面有一个放着安眠药。他猜想维斯珀在这件事情中受到的刺激可能比他所想象的更加严重。

浴池里的水已经放好了,旁边的椅子上摆着一条毛巾和一瓶全新的精华沐浴露,看起来十分昂贵。

"维斯珀。"他叫了一声。

"什么事?"

"你真是过分,让我觉得自己是一个高级的小白脸。"

"我必须照顾你,我只是按吩咐行事。"

"亲爱的,浴池真的太棒了,嫁给我好吗?"

她嗤之以鼻:"你是要一个奴隶,不是妻子。"

"我要你。"

"我只想要龙虾和香槟,请你快一点儿。"

"好吧,好吧。"邦德说。

他擦干身体,穿上白色衬衫和深蓝色的运动裤,期望她也能穿得简单一些。当他看到她身着蓝边衬衫站在门口时,他感到极大的欢喜,这衬衫的颜色简直和她的眼睛一模一样,下半身还穿着一条深红色的百褶裙。

"我饿坏了,已经等不及了。我的房间在厨房旁边,一直闻到飘来的阵阵香味,快要受不了了。"

他走了过去,双手搭在她的肩上。她握住他的手,两人一起走下楼,穿过阳台,走到宽敞的餐厅,来到桌旁。邦德点的香槟已经放在旁边桌上的一个冰镇盘子里,邦德拿起来倒了满满两大杯。维斯珀忙着享用自制的鹅肝酱,把它们涂抹在法式脆皮面包和冰镇深黄切片黄油上。

他们看着彼此,举杯畅饮,每一次邦德都把酒杯斟得满满的。邦德告诉她早上自己晒日光浴的事情,两人相谈甚欢。他们都没有谈到对对方的感受,但两人都看出了对方急切等待着夜晚的到来。他们时不时地相互触碰一下,好像能缓解身体的紧张感一样。

当他们吃完大龙虾、喝完第二瓶香槟时,他们还有涂着厚厚奶油的野莓没有吃完。维斯珀满意地感叹了一声。

"我现在像头猪,"她兴高采烈地说,"你总是把我喜欢的东西给我,我从来没有像现在这样被宠爱过。"她凝视着月光下的阳台,"希望我能够值得被这样宠爱。"她的声音里有一丝弦外之音。

"你这话是什么意思?"邦德惊讶地问道。

"哦,我也不知道是怎么了。我猜人们都能得到应得的,所以我也应该值得。"

她笑着看着他,眼神里夹杂着嘲弄。"你真的不了解我。"她突然说道。

邦德对她如此严肃的一番话感到有些意外。

"足够就行了,"他笑着说,"对于未来几天已经足够,就此而言,你也不太了解我。"他又倒了些香槟出来。

维斯珀意味深长地看着他说:"人们就像岛屿,他们并不真正接触,无论有多近,彼此之间仍然是分离的。即使结婚五十多年以后,仍是这样。"

邦德沮丧地认为,她一定是酒喝多了,心情变得如此惆怅。但是突然之间,她愉快地笑了起来。"不要看起来那么愁眉苦脸,"她身子向前靠近,把手放在他的手上说,"我只是有些多愁善感罢了。不管怎么说,我的岛屿今天晚上都会和你的岛屿靠得很近。"她喝了一口香槟。

邦德释然地大笑起来说:"让我们连起来,变成一个半岛。现在,我们赶紧把草莓吃完吧。"

"不,"她欲擒故纵地说道,"我必须喝一杯咖啡。"

"还有白兰地。"邦德反驳道。

两人之间的第一个间隙就这么过去了,然而紧接着还有一个问题,让他们彼此间留下了疑问。不过很快他们又被温暖和亲密包围了。

他们喝完咖啡,邦德吸吮着白兰地,维斯珀一边收拾小包,一边走到他的身后。

"我累了。"她说着把一只手搭在他的肩膀上。

他拉起她的手,两人一动不动地站在那里。她弯下腰,亲吻了他的头发,然后就走了。几秒钟后,房间里的灯亮起了。

邦德抽着烟,一直等到房间的灯熄灭。然后,他和房东和房东太太道了声晚安,并感谢他们精心准备的晚餐。他们相互道谢后,他回到楼上。

他洗完澡走进她的房间时才九点半。他关上门,让身后的月光透过百叶窗的缝隙,打在她雪白的肌肤上。

*

清晨,邦德在自己的房间里醒来,他躺在床上回想着前一夜发生的事情。然后,他悄悄地离开床,穿上睡袍,穿过维斯珀的门,来到海滩。

海水在太阳的照射下平静无比。粉色的浪花漫不经心地拍打着沙滩。海水有些冷,但是他脱掉外套,赤裸着上身在海边散步,一直走到前一晚上晒日光浴的地方,然后他故意走到海水浸没他下巴的地方。他把脚从底部拔出来,一只手捏住鼻子,闭上眼睛,沉入海底,让冰凉的海水拂过他的身体和头发。

海湾依旧静如止水,除了偶尔有小鱼跳过。而在海水下,他能够想象到平静的景象,希望维斯珀会穿过松木林,惊讶地看着他突然从静止的水中一跃而起。

一分钟后当他从水里慢慢出来时,他失望了。外面连个人影都没有。他游了一会儿泳,四处漂荡,等到太阳高高升起后,他回到沙滩,舒展地躺着。他仿佛再次感受到了前一天夜里的舒适,因为他看到了同一片天空。过了一会儿,他站了起来,沿着沙滩踱步走回放睡袍的地方。

这一天,他想向维斯珀求婚。他十分确信,只是需要选择合适的时机。

第二十五章　独眼男人

正当邦德悄悄穿过阳台来到大门紧闭的餐厅时,他意外地发现维斯珀出现在前门旁边的电话亭外,然后她缓缓转过身走上楼梯。

"维斯珀。"他喊道,心想着她一定是收到了关于他们两个的紧急消息。

她立刻转过身,一只手抵在嘴上。她睁大眼睛看着他,眼神在他身上停留了好长时间。

"这是怎么回事儿,亲爱的?"他将信将疑地问道,生怕会涉及他们的生命安危。

"哦,"她气喘吁吁地说,"你吓了我一跳,我只是……我刚才正好在给马西斯打电话,打给马西斯。"她又强调了一遍,"我想问问他能不能再给我一件晚礼服,就是我的那个女朋友,那个售货小姐,你知道的。"她语速飞快,口吻咄咄逼人,"我已经没衣服穿了。我想赶在他到办公室前与他在他家里联系。我不知道我朋友的号码,你可能会感到奇怪。我不想吵醒你。

那里的水还不错吧?你沐浴了吗?你应该等等我。"

"水很舒服。"邦德说,他觉得维斯珀有些装神弄鬼,还弄得自己紧张兮兮,他想缓和一下她的情绪,"你一定要去试一试,然后我们在阳台吃早饭,我可是饿坏了。是我不好,让你受惊了,我只是觉得这个时间点能看到人影有点儿奇怪。"

他抱着她,可是她推开了,匆忙上了楼。

"我没想到会看到你,"她试图轻描淡写地将早上的事情遮掩过去,"你看上去像个鬼,一个淹死的男人,头发都遮住眼睛了。"她大笑起来,声音中带着沙哑。她一听见自己沙哑的声音,赶紧把大笑变为咳嗽。

"我希望自己没有感冒。"她说。她一直欲盖弥彰,想要掩盖真相,邦德忍不住想拍拍她,让她放松讲出真相。但是他没这么做,他只是在她的房间门外拍了拍她的后背,让她放心,赶紧去洗个澡。

随后,他就回到了自己的房间。

*

从此以后,他们的爱情就不再彼此坦诚。随后的日子一片混乱,充满了虚情假意,维斯珀的泪水和肉欲让这些日子显得无比空虚下流。

邦德试图打破这堵互不信任的墙。一次又一次,他想要提起电话的事,但是她固执地编造一些谎话来粉饰。她还指责邦德怀疑她有别的人。

每一次都以她苦涩的泪水和近乎歇斯底里的发作收尾,每一天都变得更加难熬。

邦德觉得不可思议,为何人类之间的关系能在一夕之间崩塌,他不停地在脑海中思索答案。

他感到维斯珀和他一样感到害怕,而且,她的痛苦比他的强烈得多。然而维斯珀对待电话事件的回应总是充满愤怒和恐惧,在邦德看来她的刻意回避加上故弄玄虚、有所保留,反而欲盖弥彰。

那天吃午餐的时候,事情变得更加糟糕。

早些时候,两个人的关系已经闹得很僵,维斯珀声称自己头痛想要远离太阳在房间里休息。邦德带了一本书沿着沙滩走了好几公里。等到吃午饭的时间,他回来了,他认为是时候把问题讨论清楚。

他们坐下来以后,邦德非常唐突地向维斯珀表达了歉意,他觉得自己不该打听电话亭的事情,然后他迅速扯开话题,讨论早上散步时的所见所闻。但是维斯珀似乎心不在焉,对他敷衍了事。她摆弄着自己的食物,刻意回避邦德的眼神,忧心忡忡地看着其他地方。

她有一两次回答得文不对题,邦德也只好默不作声,沉浸在自己的思索之中。她突然一动不动,叉子哐当一声砸在盘子边上,然后掉在了阳台的桌子上。邦德抬起头看着她。只见她脸色惨白,一脸恐惧地看着邦德身后的东西。

邦德转过头,看到一个男人正在他们阳台对面的桌旁落座。他看起来非常普通，衣服颜色暗淡，但是邦德一眼就记住了他的长相，就和普通商人一样，此刻他正沿着海滩漫步，正巧与他们在旅馆相遇，也许他刚从米其林酒店出来。

"那个人是谁，亲爱的？"他焦虑地问道。

维斯珀的眼睛一直盯着远处的身影压低声音说道："这是车里的那个男人，这个人一直跟着我们，我认出来了。"

邦德又向身后看了看。房东正在和新的顾客介绍菜单，这再普通不过了。他们看着菜单上的菜，相视一笑，这位新顾客好像同意把信用卡先交给房东，等他点完红酒以后（邦德如是猜测），房东离开了。

那个男人好像意识到自己被人看着，他抬起头，漫不经心地看着他们。然后他拿起椅子上的公文包，抽出一张报纸，两手撑在桌子上开始阅读起来。

当他转过脸时，邦德注意到他的一只眼睛带着黑布。这并不是一块缠绕在眼睛上的胶布，而是固定在上面的单片眼镜。如果不是因为这个眼镜，他看起来会是个十分友善的中年男子，背后梳着深棕色的直发；当他和房东交谈时，邦德看见了他洁白整齐的牙齿。

他转过身对维斯珀说："说实话，亲爱的，他看起来像好人。你确定这就是那个人吗？这地方不可能只有我们两个人。"

维斯珀还是脸色惨白。她的双手紧紧抓着桌子边缘。他想她看上去要晕厥了，赶紧起身走到她边上，她示意让他不要动。然后她拿起一杯红酒，一饮而尽。玻璃杯碰到她的牙齿叮当作响,她举起另外一只手帮忙。只见她放下酒杯,死死地盯着他说:"没错,就是这个人。"

邦德试图说服他,但是她无动于衷。她盯着他的身后看了好几次,最终虽然放弃,却满是疑惑。她说自己头痛得厉害,下午要在自己房间里休息。她离开餐桌,头都没回直接走回屋里。

邦德想让她彻底放下心来,于是他点了一杯咖啡,然后迅速起身,走到院子。这辆黑色标致车的确是他们之前看到的那一辆,但是在法国这样的车有几百万辆。他往里瞥了一眼,里面是空的,然后他又试了试后备箱,也锁上了。他注意到车牌号码是巴黎的,然后他迅速走到餐厅隔壁的盥洗室,拉动抽水马桶,走到阳台上。

那个人正在吃饭,没有抬头看他。邦德坐在维斯珀的椅子上,以便看清对面那张桌子。

几分钟后,那个男人结账埋单后离开了。邦德听到标致车启动的声音,然后汽车沿着开往皇城的路远去了。

房东来到他们桌边时,邦德说夫人不幸晒伤了。房东说真可惜,还夸大了出门在外可能在各种天气下遇到的危险。邦德听完后随意地询问了其他顾客的情况:"有个人让我想起一位丢失一只眼睛的朋友,他戴着黑色的眼罩。"

房东说那个人是第一次来。他非常喜欢这里的午餐,过几天会再来,到时候再试试旅馆的其他饭菜。很显然他是瑞士人,这从他的口音里可以听出来。他以四处兜售手表为生,但是很奇怪，他只有一只眼睛。整天戴着眼罩是一件非常吃力的事情。邦德觉得他也许已经习惯了。

"这可非常令人悲伤。"邦德说。"你真是不走运，"他指了指房东空荡荡的袖子，"我自己就相当走运了。"

他们围绕着战争聊了一会儿，然后邦德起身说："对了，之前夫人打了一通电话，我记得是要额外支付账单的，"然后他想起马西斯的分机号，便又补充道，"是打给巴黎的，爱丽榭地区的号码。"

"谢谢，先生，但是这件事已经解决了。早上皇城来电，那边告诉我，我的一位客人打给巴黎的电话没有接通，他们想确认夫人是否还要再打过去。很抱歉，我把这件事忘了。也许先生可以提醒一下夫人，不过，据我所知，那个号码是打给巴黎伤病院的。"

第二十六章　安心睡吧

接下来的两天一如既往。

到了第四天，维斯珀一大早动身去了皇城。一辆出租车接送她来回，她说她去买一些药。

那天晚上，她特意表现得非常兴奋。他们上楼后，她喝了很多酒，然后把他带到自己房间，疯狂地做爱。邦德的回应也十分热烈，但是之后，她却痛苦地埋在枕头里大哭，邦德离开时十分绝望。

他彻夜未眠，一大早就听到她轻轻把门打开了，然后楼下传来细小的声音。他很确定她一定是在电话亭。不一会儿，他又听到她轻轻关门的声音，他猜想一定是又没有打通巴黎的电话。

这一天是周六，第二天那个独眼龙又出现了。邦德吃饭的时候看维斯珀的脸色就知道他来了。他告诉她房东说这个男人过几天要回来，他知道这件事一直困扰着她，所以他还特意打电话给马西斯，让他在巴黎查一查标致车的背景。这辆车是两周前从一家可靠的公司租出去的。客户持有瑞士临时汽车入境证。对方叫阿道夫·格特勒。他提供了苏黎世一家银行的地址作为联系地址。

马西斯联系了瑞士警方,该银行确有此人的账户,但该账户很少使用。格特勒先生和某手表厂商有来往,如果有疑问可以传唤他来询问。

维斯珀听到后满不在乎。可当她看到对面的男人时,她饭都不吃就直接走人。

邦德决定一探究竟,他吃完后就随她上了楼。她房间的两扇门都上了锁,他让维斯珀给他开门后看见她坐在窗边的阴影里凝望窗外,脸色惨白。他把她带到床边,让她靠在自己身边坐下。两人僵直地坐着,就像车厢里的乘客。

"维斯珀,"邦德握着她冰冷的双手说,"我们不能再这样下去了,必须到此为止。我们在互相折磨,现在只有一个解决办法,要么你告诉我究竟发生了什么,要么我们都离开这里,立刻就走。"

她一言不发,两只手毫无生机。

"亲爱的,"邦德说,"你不愿意告诉我吗?你知道吗,第一天晚上我回来的时候,原本打算向你求婚。我们就不能回到起点重新开始吗?这个可怕的噩梦到底是什么,如此折磨着我们?"

起初她仍不愿意开口,接着两行眼泪从她脸上缓缓流了下来。

"你说你原本打算娶我？"

邦德点了点头。

"哦，天呐，"她说，"我的天呐！"她转过身握紧他的双手，把脸紧紧地靠在他的胸前。

他把她紧紧抱住。"告诉我，亲爱的，"他说，"告诉我什么事情把你折磨成这样。"

她慢慢停止了哭泣说："让我冷静一会儿。"然后换了一种无可奈何的语气说，"让我再想一想。"她捧起他的脸庞，亲吻了一下，眼里充满了渴望。"亲爱的，我做的一切对我们两个而言都是最好的打算，一定要相信我。只是这件事太可怕了，我现在的处境相当……"她又开始抽泣了，双手紧紧拽住邦德，像做了噩梦的孩子。

他赶紧安慰她，抚摸她的黑色长发，温柔地亲吻着她。

"现在请你出去吧，"她说，"我需要一点儿时间思考，我们必须做些什么。"

她拿出他的手帕擦拭眼泪，然后让他出去，走到门口的时候，两人紧紧拥抱在一起。邦德又吻了吻她，然后关上了门。

那一天晚上，他们两个人最初的热情和亲密又回来了。她十分兴奋，尽管笑声听起来有些刺耳，但邦德依然决定随着她的情绪走。一直到晚餐快结束的时候，邦德随意地提起一句往事，她又立刻制止了。

她把手放在他的手上说："不要再谈论这件事了，忘了它吧，很快就会烟消云散，明天早上我就如实告诉你。"

她看着邦德,突然之间眼里充满了泪水。她从包里拿出一块手帕,擦了擦。

"再给我倒一点儿香槟,"她反常地笑了笑,"我还想喝,你喝得太多了,这不公平。"

他们坐在一起喝酒,直到喝完。她要站起来时摔倒在地上,然后咯咯笑了起来。

"我一定是喝醉了,"她说,"真丢脸。詹姆斯,你可不许嘲笑我。我真想一醉方休,现在我什么都不用想,一身轻松。"

她站在邦德的身后,手指捋过他的头发。

"快来啊,"她说,"今晚我特别想要你。"

她向他送了一个飞吻,然后离开了。

接下来的两个小时里,他们两个的爱热烈而绵长,要是换作前一天,邦德连想都不敢想。两人之间的忸怩不安和互相猜忌似乎都消失了,彼此间的耳语如此真切,屏障和阴影都不见了。

"你现在必须离开了。"等邦德躺在维斯珀怀里的时候,她说道。

似乎是想要收回刚才的话,她说完后与邦德靠得更紧了,一直在他耳边说着甜言蜜语,整个身体都压在邦德身上。

邦德起身后弯下腰亲吻她的头发、眼睛和嘴巴,然后向她道了声晚安。维斯珀探出身子打开灯说:"看着我,让我也好好看看你。"

他跪在床边,让她仔细地看着自己脸庞的轮廓,好像两人第一次遇见一样。维斯珀伸出双臂抱着他的脖子，把他的头慢慢靠近自己，然后温柔地吻在他的唇上，而她的泪水在那深邃的蓝眼睛里打转。之后，维斯珀让他离开，随后她关上了灯。

"晚安，亲爱的。"她说。

邦德俯下身亲了亲她，吻到了她脖子上的泪水。

他走到门口回过头看了看她说："亲爱的，好好睡吧。不要担心，现在没事了。"

他轻轻地关上门，带着炽热的心回到了自己的房间。

第二十七章　心碎不已

第二天，房东送来一封信给他。

他拿着信，突然冲进邦德的房间，好像着了火一般。

"出事了，夫人她……"

邦德一下子从床上跳了起来，穿过浴室，发现连通两个房间的门锁上了。他赶紧冲回自己的房间，跑下楼梯，看到一个吓得直哆嗦的女仆。

维斯珀的房门开着，太阳光透过百叶窗照亮了整个房间。除她的黑发外，维斯珀整个身体都隐藏在床单下，一动不动，像墓地上的石像。

邦德跪倒在床边，拉下床单。

维斯珀双眼紧闭，睡着了，一定是睡着了。她的脸上一点儿变化都没有，一动不动，没有心跳也没有呼吸。噢，不，她停止了呼吸。

过了一会儿，房东进来拍了拍他的肩膀。他指了指床边桌上的空杯子，杯底有一些白色沉淀物。放在一旁的还有她的书、烟、火柴,以及一堆凌乱的镜子、口红和手帕。地上有一个空的安眠药瓶,第一天晚上邦德就在浴室里看到了这些药丸。

邦德站了起来,抖了抖身子。房东把信给他,他接过去说:"请通知警官,我会在房间里等他。"

然后他头也不回、失魂落魄地离开了。

他坐在床边,凝视着窗外平静的海面,然后呆呆地看了看信封。上面用很大的手写圆体字写着"致他"。邦德立刻明白,她前一天一定特意让别人喊她起床,这样就不会是他第一个发现她死去。他把信封翻了过来,发现这封信不久前才被她温热的双唇封上。

他突然耸了耸肩,拆开了信,内容不长。跳过开头的寒暄,他一边读一边气得鼻子冒烟。之后他把信往床上一扔,好像碰到了一只有毒的蝎子。

亲爱的詹姆斯:

我真心爱你,当你读到这封信的时候,我希望你还爱着我。现在可能是你还爱着我的最后时刻了。再见了,我的爱人,趁我们还相爱的时候让我们道别吧。

我是内务部的特工,也是苏联人的双面间谍。战争爆发后的一年,我被带去为他们工作,自此便一直如此。当时我爱上了英国皇家空军里的波兰人,直到遇见你之前,我都爱着他,你可以查到他的身份。他获得过两枚金十字勋章，战后由M训练，并重新发配到波兰。他们逮捕他后对他严刑拷打，盘问出了很多信息，其中就包括我。他们找到我让我为他们卖命，否则他就别想活。他对此毫不知情，只是继续写信给我，每月十五号信都会如期而来。如果某一天收不到信了，我想我会崩溃，无法想象某一个月的十五号，没有他的任何音讯，因为那可能就意味着他已经死在了我的手里。我能做的就是尽量向他们透露最少的情报，你必须相信我；然而，我不得不出卖你。我告诉他们你在皇城有任务，你将以什么样的身份执行任务，等等。这就是为什么你还没有抵达，他们就知道你的信息，并且有充足的时间在你的房间里安插窃听器。他们对勒·奇弗里起了疑心，但是他们并不清楚你的任务，只知道你的任务和他有关。我只告诉了他们这些。

然后，他们命令我不许在赌场站在你的身后，并且要确保马西斯和莱特也离你远远的。这就是枪手能够离你那么近的原因。然后，我必须自导自演一出绑架的戏码。你可能会觉得奇怪，为什么那晚我在酒吧话那么少，这就是原因。他们没有伤害我，因为我为内务部工作。

但是当我发现他们对你的所作所为，即便是勒·奇弗里下的毒手，我也无法再忍受了，况且他还是一个叛徒。就在那时，我发现自己深深爱上了你。他们要求我在你执行任务期间从你那里获取情报，但是我拒绝了。我受到巴黎的控制，每隔两天就必须给一个巴黎伤兵院的号码打电话。他们威胁我，最后不再为我指派任务，我也知道我在波兰的爱人可能活不长了。但是，他们怕我走漏消息，锄奸局给了我一个最后通牒，说如果我不遵从他们，他们将会找到我。我没有理会他们，我实在太爱了。就在我们来到这里的前一天，我看见独眼男人出现在辉煌之星大酒店，并且四处打听我的行踪。我原本打算甩掉他，我们先培养感情，然后从勒阿弗尔逃去南美。我还希望能和你有一个孩子，在一个新的地方重新开始。但是，他们紧追不舍，我们无处可躲。

如果我告诉你这些，我们两个的感情就结束了。我明白眼前只有两条路，要么我被锄奸局杀害，也许你也会受牵连，要么我先杀了自己。

所以亲爱的，我做了这个决定。你无法阻止我对你说"我爱你"这三个字，我要把这份爱和记忆埋藏在心底。

我无法向你提供更多信息，只能告诉你巴黎伤兵院的号码是55200。我从未与他们在伦敦的特工见过面，所有的事情都通过临时通讯处进行。通讯处位于查令十字街450号的书报亭。

我们吃第一顿晚饭的时候，曾听你谈起有一个人在南斯拉夫犯了叛国罪。他说："我被世界的一阵大风刮走。"这是我唯一的借口，出于对一个我曾尽力拯救过的男人的爱。

现在一切都晚了，我累了，而你也正闯过这两扇门，而我必须勇敢。也许你救过我一命，但是我实在无法忍受你看我的眼神。

致我亲爱的，我的爱人。

维

邦德把信扔在一边，十指交缠在一起。突然，他站了起来，用拳头击打自己的太阳穴。他望着平静的海面，狠狠地咒骂起来。

他强忍着泪水，不让它们流下来，然后穿上衣服裤子，面无表情地走下楼，把自己关在电话亭里。他拨通伦敦的号码时，脑子里已经把维斯珀心里的内容又整理了一遍，一一对号入座。过去一个月里的所有疑问，以及他本能的直觉，此刻都变得一清二楚。

他觉得维斯珀纯粹是一个间谍。他把他们之间的爱以及自己的悲痛全都藏在了心底。也许他不久后会想起这段经历，把它平心静气地重新梳理一遍，接着它就会和所有他想要忘记的感情包袱一样，被他渐渐遗忘了。他现在能想到的就是她背叛了特勤局和她的国家，这已造成严重的后果。这是他的职业道德意识让他想到的，她卧底多年，一定使敌方破解了我们的密码，泄露了大量重要信息。

这一切都造成了不可估量的损失，天知道多久才能处理完这些问题。

他狠狠地咬了咬牙。突然，他想起马西斯的话"还有许多不明目标在我们周围"以及"锄奸局怎么办？我可不喜欢看到这些家伙在法国满大街追杀那些背叛他们的叛徒"。

马西斯的话已经得到了证实，他的诡辩不过是自己打自己的脸。

邦德这些年来一直在搏命，勒·奇弗里的话完全正确，真正的敌人在暗处不动声色，在他的眼皮底下偷偷摸摸。

他眼前突然浮现出了一个画面：维斯珀拿着文件，放在一个托盘上走下楼梯，当他们收到这份文件的时候，这位00特工正在四处搏命。

他的指甲嵌入了手掌心，他整个人都在冒汗，因为他为自己感到羞耻。

现在，说什么都晚了。他眼下就有一个任务，他要把锄奸局找出来，连根拔起。如果没有了锄奸局，没有了死亡和报复这些冷兵器，内务部的工作职责就会和其他特勤局的特务一样。

锄奸局才是罪魁祸首，效忠的人必须忠诚地刺探情报，否则就要去死。毫无疑问，任何人都在劫难逃。

而现在，他就要将这只挥舞着鞭子和枪支的手臂砍断。间谍的事情可以交给那些文员处理，他们会窃取情报，然后抓住间谍。他则要负责找到威逼着间谍做这些事情的背后主谋。

电话响起，邦德抓起听筒，线路接通了，这是他在国外唯一能够与伦敦联系的号码，只有在迫不得已的情况下才能拨通。

"我是007,这是一条公开线路,情况紧急,能听见我说话吗?请立刻接通电话。3030曾是苏联人的双面间谍。强调一遍,曾经是,这个贱人已经死了。"